편식이 아니라 취향입니다만

이까짓, 민트초코

이까짓, 민트초코

김경빈

싫어하는 음식에 관해 이야기하는 일

나의 부모님은 유년기부터 내 편식을 교정하려 부단히 노력하셨다. 가지무침이 얼마나 맛있는지 과장된 표정으로 드러내 보이기도 하고, 회를 먹지 않는 건 삶의 크나큰 즐거움을 잃는 것이나 다름없다며 안타까운 눈빛으로 나를 동정하기도 했다. 그래도 말을 듣지 않자 편식하면 뼈가 약해진다, 키가 크지 않는다, 머리가 나빠진다 등등 수시로 갖은 위협을 가했다.

지금 생각해 보면 나름대로 고도의 마케팅 수법을 이리저리 적용해 본 셈인데, 어지간히 고집이 셌던 어린 시절의 나는 끄떡하지 않았다. 하찮은 제품일수록 팔기 위해 과장되고 유치한 카피를 쓰는 것처럼, 부모님의 협박 섞인 설득은 그 음식에 대한 나의 경계심과 불안감만 가중시켰다. 만약 부모님이 나의 편식을 무신경하게 그냥 내버려 뒀으면 어땠을까. '너는 계란프라이랑 소시지나 먹어라, 엄마는 가지무침을 이렇게나 맛깔나게 먹을 테니.' 그랬다면 내 마음이 동했을까.

머리가 크면서 나의 고집은 더욱 단단해지고 부모님의 노력은 점점 물러졌다. 편식을 일삼고도 건장하게 자라나는 내 체격 덕분이었을까. 장남과 달리 가리는 것 없이 잘 먹는 차남의 보상 효과 덕분이었을까. 서른을 넘기고 결혼까지 하니, 부모님은 내 편식에 아예 왈가왈부하지 않으셨다. 염치없게도 조금 시원섭섭하다는 감정이 들었다.

*

편식을 주제로 글을 쓰는 일이 이번이 처음은 아니다. 이미 3년 전에 글쓰기 플랫폼 브런치에 〈편식왕의 음식 에세이〉라는 제목으로 매거진을 연재했었다. 그때의 매거진과 이 책은 '편식'이라는 소재는 같지만 접근 방식과 나의 마음가짐이 완전히 다르다.

3년 전 글 속의 나는 아닌 척하면서 편식을 '콤플렉스'로 여기고 있었다. 내가 먹는 음식들을 열거하며 '저는 편식이 심하지만 이러이러한 음식들을 뜻 깊게 잘 먹는답니다!' 하는 글들이 마치 콤플렉스에 대한 명랑한 변명을 모아둔 것 같달까. 그건 그것대로 의미가 있겠지만 어쩐지 처량한 느낌을 지울 수 없다.

그로부터 3년이 지나 또 편식을 주제로 글을 쓰게 됐다. 그동안 내 식성은 거의 달라지지 않았는데 편식을 대하는 내 마음가짐은 꽤 달라졌다. 편식이란 콤플렉스가 아니라 그저 식성의 한 종류일 뿐이다. 식성이란 결국 '먹는 일의 취향'이고, 누군가의 취향이 콤플렉스가 될 수는 없지 않은가. 다채로운 색을 좋아하는 사람이 검정에 몰입하는 사람을 폄하할 수 없듯이, 이것저것 잘 먹는 사람이라고 해서 편식하는 사람을 폄하할 수는 없다. 각자의 방식으로 각자의 취향을 선택하는 일일 뿐이니까.

이 책의 에피소드는 모두 '내가 먹지 않거나, 먹지 못하는 음식들'을 다루고 있다. 원고를 쓰는 일은 곧 내가 싫어하는 음식에 관해 이야기하는 일이었다. 좋아하는 것을 다 누리기에도 바쁜 세상, 굳이 힘들여 싫어하는 것을 관찰하고 고민하는 일의 가치란 무엇일까.

우치다 타츠루의 책 《말하기 힘든 것에 대해 말하기》에는 이런 구절이 있다.

> 사람은 '좋아하는 것'에 대해 말할 때보다 '싫어하는 것'에 대해 말할 때 더욱 당당해진다. 그때야말로 자신에 대해 말할 정밀한 어휘를 얻을 기회다.

그러니까 우치다 타츠루의 의견을 고이 받아들이자면 서른 중반의 나이에 편식이 심한 한 작가가, 편식을 주제로 글을 쓰는데, 굳이 자신이 싫어하는 음식만 골라 구구절절 이야기를 늘어놓는 일은, 달리 말하면 스스로 조금 더 당당하고 정밀해지는 일과 같다. 여기에 내 의견을 덧붙이자면 이 책의 원고를 쓰는 건 내 취향의 경계를 선명하게 하는 일이고, 주관을 재확인하는 일이며, 콤플렉스라고 오해했던 편식을 취향의 범주로 옮기는 일이었다.

'그래 봤자 겨우 편식 따위를 다루면서 말이 지나치게 길군.' 그렇게 생각할 수도 있다. 그것 또한 누군가의 취향이라면 존중할 것이다. 다만, 한 권의 책을 지어 독자에게 건네는 작가의 마음가짐만은 분명히 밝혀두고 싶다.

이 책은 내가 싫어하는 음식에 대한 에세이이며, 콤플렉스가 아닌 취향으로서의 편식에 대한 에세이다. 부디 독자들도 자신이 좋아하는 것뿐만 아니라 싫어하는 것에 대해서도 정밀한 어휘를 고민해 볼 수 있길, 그래서 자신의 취향을 당당하게 드러낼 수 있길 바란다. 바야흐로 편식이 심한 사람이 편식을 주제로 글을 써서 책을 출간할 수 있는 세상이지 않은가! 당신의 취향이 무엇이든, 당신은 존중받아 마땅하다.

차례

[젓갈]

× ○ × ○ × ○ × ○ × ○ × ○ ×

고통의 감칠맛

특정 음식을 먹지 않으려는 나의 완고한 태도와 어떻게든 먹여보려는 부모님의 적극적인 구애는 내가 중학생이 될 때까지 지루한 평행선을 그렸다. 속된 말로 '머리에 피도 안 마른' 열다섯, 바야흐로 중학교 2학년 때였다. 저녁 식사 중에 아버지가 단백질 운운하며 내가 먹지 않는 메뉴를 권했다. 그 메뉴가 뭐였는지는 기억나질 않는다. 아마 날것이거나 해산물이었을 것이다. 늘 속에 화가 많은 사춘기 시절이라 그랬는지 참다못한 나는(지금 생각해 보니 좀 의아하고 우습다. 도대체 내가 참긴 뭘 참았단 말인가) 수저를 탁 내려놓고 또박또박 따지며 말했다.

인간에게 필요한 3대 영양소는 탄수화물과 단백질과 지방이고 그 외에 각종 무기질이나 비타민 따위가 있다고. 만약 필요의 이유라면 나는 내가 좋아하는 음식으로 영양소를 채우고 싶다고. 굳이 먹고 싶지 않은 음식을 억지로 먹으며 괴로워해야 할 이유가 대체 뭐

냐고. 단백질이 필요하면 나는 닭고기와 계란을 먹겠다고. 아버지의 식도락과 나의 식도락이 같아야 할 이유는 없다고.

아버지는 기가 찬다는 표정으로 "그래, 알겠다. 그렇게 해라, 그라믄" 하시고는 묵묵히 남은 식사를 하셨다. 엄마는 질린다는 표정으로 나를 째려보고, 나와 달리 뭐든 잘 먹는 일곱 살 동생은 괜한 눈칫밥까지 얹어 먹었다. 좌우지간 당시의 나는 속이 후련했다. 매우 온당한 처사라고 생각했고 약간 우쭐하기까지 했던 것 같다. 역시 중2병… 나란 아들놈….

충격이었는지 체념이었는지, 그날 이후로 부모님은 내 편식에 왈가왈부하지 않으셨다. 물론 눈빛과 한숨과 고갯짓으로 충분히 불만을 표시하셨지만 나는 개의치 않았다. 승리를 쟁취한 기분이었다. 그로부터 수년이 더 지나 입대를 앞두게 됐을 때까지는.

*

공교롭게도 애인과 만난 지 100일째 되는 날 입대해야 했던 터라, 어떻게든 버림받지 않기 위해 휴가를 자주 나올 수 있는 공군에 자원입대했다. 보통의 부모라면 자식의 건강을 걱정한다든가, 용맹한 남자가 되어 돌아오라든가, 선임들과 싸우지 말라든가 뭐 그런 말들을 할 텐데 아버지는 대뜸 "그래, 군대 가믄 다 먹게 된다. 돌이라도 씹어 묵고, 개구리 알이라도 마실 수 있어야지!"라고 하셨다. 네네, 그렇겠지요. 나는 아버지의 으름장을 건성으로 듣고 진주훈련소에 입소했다.

훈련소는 여러모로 심신이 고된 곳이었다. 늘 목이 말랐고 허기졌다. 자도 잔 것 같지 않고, 씻어도 씻은 것 같지 않고, 먹어도 먹은 것 같지 않았다. 애초에 훈련소에서 고급스러운 해산물이나 육회 따위가 나올 리는 없었으니 딱히 편식할 거리도 없었다. 다만 한 가지, 간간이 나오던 빨간 양념의 오징어젓갈만 빼면.

나는 아예 젓갈 자체를 먹지 않으니까 당연히 오징어 젓갈도 먹지 않았다. 누군가는 없어서 못 먹는 거라지만 해산물을, 그것도 날것을 소금과 양념에 절인 걸 내가 먹을 리 없다. 눈길도 주지 않았고 잔반을 버릴 때 조교에게 욕지거리를 들으면서도 꿋꿋이 남겼다. 6주 훈련 과정 중 4주 차였던가. 전날 내린 비로 질척이는 연병장 진흙을 오전 내내 구르고 정신이 반쯤 나간 상태로 식당에서 배식을 받는데, 이건 진짜 해도 해도 너무하다 싶을 만큼 반찬이 부실했다. 건더기가 거의 없는 똥국과 김치 몇 점을 제외하면 반찬이라고 할 만한 게 오징어젓갈뿐인 식판을 바라보는데 분노와 허망함이 뒤섞였다. 그날 나는 처음으로 오징어젓갈을 먹었다. 숟가락을 뜰 때마다 비와 땀과 흙냄새가 코로 들어와 툭 떨어지는 입맛을 오징어젓갈의 맵싸하고 짭짤한 맛이 되살렸다. 이건 마치 단맛을 극대화하기 위해 소금을 치는 것과 비슷했다. 고된 훈련으로 인한 피로와 분노가 군대식 싸구려 오징어젓갈의 맛을 극대화했다. 인정하기 싫었는데 어쩔 수 없이 꽤 맛있었다. 그건 마치 고통의 감칠맛이랄까, 삶이 평온할 땐 결코 느끼지 못했던 맛이었다.

훈련소를 수료하고 자대로 배치받기 전 나선 휴가에서 부모님께 '오징어젓갈 섭취' 소식을 알렸다. 일말의 과장 없이, 아버지의 표정은 내가 반 1등 성적표를 받아 왔을 때보다 더 뿌듯해 보였다. "그라믄 그렇지. 결국은 먹게 된다 했제? 먹어보니까 맛있드제?" 뭐 그런 문장들이 아버지의 두 광대에서 쉴 새 없이 흘러나왔다. 효도가 이리도 쉬운가. 따지고 보면 딱히 잘한 일도 없는데, 괜히 나도 마음이 뿌듯해져서 복귀했다. 얼마 지나지 않아 자대에 배치받고 어리바리한 이등병 생활이 시작됐다.

그런데 전혀 예상치 못하게 자대라는 곳은 꽤 쾌적했다. 또라이도 몇몇 있었지만 그들은 얼마 후 제대했고, 남은 자들은 선례를 반면교사 삼아 조금씩 평온을 구축해 나갔다. 계급이 오를수록 생활은 여유로워졌고 BX(육군의 PX다. 공군에선 Base exchange, BX라고 한다)에선 '사제 간식'을 사 먹을 수 있었다. 이제 오징어젓갈 따위가 맛있을 만큼 내 생활은 고통스럽지 않았다. 오징어젓갈 그까짓 거 안 먹으면 그만이었다. 얼마 지나지 않아서 '그런 걸 왜 먹었을까?'라는 생각까지 하게 됐다. 이런 걸 두고 간사하다고 해야 할지, 한결같다고 해야 할지.

*

언제인가 휴가를 나와서 대뜸 다시 오징어젓갈을 안 먹게 됐다고 말했을 때 아버지의 표정을 기억한다. 황당했다가, 실소가 새어 나왔다가, 아들이 한심했다가, 결국 체념하는 표정. 아버지는 울컥하는 목소리로 "이 새끼 이거는, 아주 빡센 데를 갔어야 되는데. 어데 해병대

나 UDT 같은 데 가서 쌔빠지게 고생을 해봐야 편식을 고치는데"라고 말하셨다. 나는 태연히 대답했다. 사실 오징어젓갈은 그리 중요한 게 아니었다고. 그때 내가 느낀 건 고통의 감칠맛이었고 그건 말 그대로 '고통' 덕분에 극대화된 맛이었으니까. 더 고통스러운 곳에 입대했다면 오징어젓갈이 아니라 아버지가 말하셨던 돌이나 개구리 알도 의외로 먹을 만했을 거라고. 당연히 돌이나 개구리 알이나 오징어젓갈이나 시간이 지나면 다시 안 먹게 되리라는 것도 마찬가지라고. 굳이 그걸 또박또박 대답할 필요가 있었을까. 지금 생각해 보면 10년 전에도 나는 철딱서니가 없었다.

중학교 2학년 때 밥상머리에서 한 번, 군대 휴가 나와서 한 번. 두 번의 대결에서 참패한 아버지는 이제 나의 편식에 대해선 아예 언급하지 않으신다. '그래도 삼세번'이라는데 혹시 아버지도 속으로는 마지막 기회를 노리고 계실까. 죄송하지만 져드릴 생각은 없다. 그 어떤 음식이라도 달게 느껴지는 처절한 고통이 찾아오지 않는 이상, 나는 나의 좁고 알찬 식도락을 좇을 것이다. 그저 먹고 싶은 것을 먹고, 먹고 싶지 않은 것을 먹지 않을 뿐이다. 가끔 철없다는 소릴 들을 땐 이렇게 생각하기로 했다. 서른도 중반에 가까워지니 철없다는 말도 아주 오명은 아니라고.

[내장]

× ○ × ○ × ○ × ○ × ○ × ○ ×

이타적 편식주의자의 길

나는 내장을 먹지 않는다. 곱창과 막창은 물론이고 고급스러운 고깃집에 가면 으레 나오는 간과 천엽도 질색이다. 순대를 먹을 때도 내장은 아내 몫이다. 군침 도는 장면의 클리셰인 '노란 내장이 고인 게딱지에 뜨거운 쌀밥을 슥슥 비벼 먹는 것'을 봐도 내 침샘은 전혀 반응하지 않는다. '왜 내장을 먹지 않느냐?'라는 질문도 내게는 좀 이상하다. 나는 살코기만으로도 충분한 인간이니까. 도대체 왜 내장까지 꺼내서 씻어 먹고, 밥을 비벼 먹는 걸까. 원시 수렵사회에서야 생존 때문에 그랬다 치더라도, 지금은 도대체 왜?

'왜 내장을 먹는 걸까?'라는 나의 의문과 '왜 내장을 먹지 않을까?'라는 타인의 의문은 동전의 양면처럼 서로 등을 맞댄다. 근본적으로는 아주 가까운 관계인데 결코 만날 수 없는 관계이기도 하다. 그런데 웬만한 음식을 가리지 않고 잘 먹는 아내와 10년 넘게 연애하면서, 내장을 먹는 이유에 대한 의문은 의외로 쉽게 해소

됐다. 답은 바로 "맛있으니까!" 그렇지, 맛이 없으면 먹지 않았겠지. 물론 내가 내장을 먹지 않는 건 맛 때문이 아니지만, 살코기인지 내장인지를 따지지 않는다면 응당 맛있을 것도 같다. 단백질과 지방의 고소한 만남, 쫀득쫀득하고 때로는 야들야들한 식감, 살코기에서는 맡을 수 없는 진한 풍미… 뭐 그런 거 아닐까.

그러니까 '맛있는 음식은 무엇인가?'에 대한 답은 저마다 달라도 '어떤 음식이 맛있는가?'에 대해선 일반적인 답을 유추해 볼 수 있다. 겉은 바삭하고 속은 촉촉한 식감, 갓 나온 듯 모락모락 김이 피어오르는 온도, 너무 짜거나 달지 않은 적당한 간. 이 세 가지 조건만 충족해도 어떤 음식이든 맛있다고 할 수 있지 않을까.

나는 모든 음식을 먹진 못해도 어떤 음식이 맛있는지에 대한 감각은 있다. 예를 들어 막창을 기막히게 구울 줄 안다. 오동통한 막창을 불판 위에서 조심스레 굴리며 굽는다. 원통형 막창 겉면이 약간 눌릴 정도로 굽다가 너무 얇지 않은 폭으로 자른다. 이때 곱이 튀어나와 손실되지 않도록 가위의 안쪽 날로 예리하게 자르는 것이 중요하다. 마치 꼬마김밥처럼 잘린 막창들을 다시 앞뒤로 뒤집어 가며 굽는다. 겉면은 씹을 때 바삭함과 쫀득함이 동시에 느껴져야 하고, 속으로는 고소한 곱이 부드럽게 입안에 퍼져야 한다. 아내는 내가 구운 막창을 먹을 때마다 감탄과 의문이 뒤섞인 표정을 짓는다. 먹어본 적도 없는 사람이 어떻게 이렇게 맛있게 구울 수 있냐면서. 삼겹살이나 막창이나 맛있게 굽는 방법은 매한가지라는 걸, 아직 아내는 잘 모르는 것 같다.

*

이렇듯 나는 타인의 잡식과 내 편식의 평화로운 공존을 위해 '이타적 편식주의자'의 길을 택했다. 나는 먹지 않지만 당신들은 부디 맛있게 드시라는 의미다. 내게는 무의미하고 당신들에게는 귀한 내장을 기꺼이 양보하며 구워주는 태도. 그건 곧 당신들이 굳이 찾아 먹지 않을 퍽퍽한 살코기를 기꺼이 거둬 처리하겠다는 태도이기도 하다. 그럴 때마다 그저 나의 만족을 좇는 것뿐인데도 상대방은 꽤 고마워한다. '이렇게 맛있는 걸 전부 나에게 주다니…' 하는 표정이랄까. 그럼 나도 '사양 말고 마음껏 드시지요. This is for you'의 마음을 담아 그에 상응하는 온화한 표정을 지어 보인다. 이 얼마나 평화롭고 훈훈한 광경인가.

물론 사회생활을 하다 보면 종종 편식이 민폐처럼 느껴질 때가 많다. 다들 초밥이 좋다는데 나 때문에 사이드 메뉴에 뭐가 있는지 알아보는 상황을 상상해 보라. 내가 괜찮다고 해도 다들 안 괜찮아 보이는 표정들, 그 민망하고 죄송스러운 분위기. 그런 이유로 공적인 관계의 사람들에겐 웬만하면 편식을 고백하지 않는다. (그러고 보니 이 책이 출간되면 편식을 세상에 공표하는 셈이다. 문득 걱정이 밀려든다.) 어쩔 수 없이 내 편식을 알게 되면 우리는 서로 죄 없이 죄송스러워지고 만다.

어쩌면 다들 너무 착해서 그런 거라는 생각이 든다. 다들 나만 빼놓고 비싸고 맛있는 음식을 먹는 상황이 미안해서 견디기 힘든 것이다. 나는 초밥보다, 천엽이나 간보다, 막창구이보다 차라리 컵라면이 더 좋은 사람이지만 아무튼 그들은 내가 안쓰러운 것이다. 그래서 가끔은 그들이 조금 덜 착했으면 좋겠다. 내가 '이타적 편식주의'를 지향하는 것처럼, 그들도 '이기적 잡식주의'를 지향해 주면 좋겠다. 나는 진짜 괜찮으니까 그들도 좀 괜찮았으면 좋겠다.

*

얼마 전엔 워크샵 겸 회사 사람들과 해운대 미포에서 청사포와 송정해수욕장을 거쳐 기장군 연화리까지 세 시간 넘도록 걸었다. 연화리라는 곳을 처음 가봤는데, 놀라울 정도로 편의점을 제외한 모든 가게에서 해산물

모둠과 전복죽만 팔고 있었다. 그 흔한 라면도 팔지 않았다. 이타적 편식주의자인 나는 당황하지 않고 자리에 앉았다. 곧이어 소라와 문어, 성게, 멍게, 개불, 산낙지 등의 싱싱한 해산물과 성게내장전복죽이 나왔다. 나는 온화한 표정으로 같은 테이블에 앉은 두 명에게 비싸고 맛있는 해산물을 기꺼이 양보했다. 아니나 다를까, 착한 그들은 또 미안해했다. 정말 괜찮다는 제스처를 전하기 위해 나는 노란 색감의 성게내장전복죽을 앞접시에 덜어 맛있게 먹었다. 전복죽도 해산물 모둠 못지않게 비쌌으므로 그들은 얼핏 안심하는 것처럼 보였다. 물론 그날이 내 생애 처음으로 성게내장전복죽을 먹은 날이라는 걸, 그들은 모른다. 가끔은 피할 수 없으면 즐기진 못해도 받아들일 수밖에 없는 게 세상 이치 아닌가.

돌아오는 길에 '도대체 왜 해산물을 산 채로 먹는 걸까? 왜 전복죽에 성게 내장을 넣어 먹는 걸까?'라는 의문이 들었는데 이내 고개를 저었다. 왜긴 왜야, 맛있으니까 먹는 거겠지. 세 시간 넘는 걸음에 비해 부실한 식사 탓에 금세 허기가 졌다. 집에 가서 치킨가라아게를 먹어야겠다고 다짐했다. 이타적 편식주의자의 길은 여전히 멀고도 험하다는 생각을 함께하면서.

[닭발]

× ○ × ○ × ○ × ○ × ○ × ○ ×

네가 지옥에 떨어진다면 그건 닭발의 저주 때문일 거야

앞서 내장을 먹지 않는다고 그 난리를 떨었는데, 곰곰이 생각해 보니 딱 하나 먹는 내장이 있다. 닭모래집 또는 닭근위, 소위 닭똥집이라 부르는 그것이다. 뭣도 모르던 어릴 적에 닭고기인 줄로만 알고 먹기 시작해서 여태 거부감이 들지 않는다. 생김새는 살코기를 잘게 썰어둔 것 같고 식감도 쫀득쫀득 아작아작하니 씹는 맛 좋은 살코기 같아서 더 그런 건지도 모르겠다.

닭똥집은 한자로 사낭(砂囊), 즉 모래주머니라고 쓴다. 조류인 닭은 이빨이 없어 벌레나 바닥에 떨어진 낟알 따위를 통째로 삼키는데, 이때 필연적으로 흙과 자잘한 모래가 섞여 들어간다. 영양소를 갖춘 음식물은 선위에서 위액 등을 통해 소화하고 흙이나 모래는 모래주머니에 담겨 기계적으로 부숴 소화한다. 모래주머니를 근위(筋胃), 즉 근육형 위장이라고 부르는 데에도 이유가 있는 셈이다. 식감이 쫀득쫀득 아작아작한 것도 지방이 거의 없는 근육 덩어리여서다.

정리하면 닭똥집은 명명백백히 닭의 내장 기관 중 하나다. 육류 중 닭을 가장 사랑하여 퍽퍽한 가슴살부터 야들야들한 다리와 날개살은 물론이고 심지어 내장인 닭똥집까지 먹지만, 딱 하나 먹지 않는 부위가 있다. 바로 닭발이다.

*

닭발은 생김새부터 정이 가질 않는다. 주름이 자글자글하고 살코기나 지방이랄 것도 붙어 있지 않아서 마치 불어터진 피부 같다. 뼈가 있으면 있는 대로 싫고, 없으면 없는 대로 싫다. 애써 입에 넣어 씹어봤자 건질 것도 없을 듯하고, 그 미끌미끌하고 물컹거리는 식감을 상상하면 몸서리가 쳐진다. 애초에 닭발을 왜 먹는 걸까. 족발이야 잘 삶아 썰면 살코기라도 푸짐하게 나온다지만 닭발은 그렇지도 않은데. 먹는 분들이야 물론 맛있어서 먹는 거겠지만….

거의 경멸에 가까운 내 입장과는 무관하게도 닭발의 역사는 꽤 유구하다. 음식 전문 칼럼니스트 윤덕노 씨는 저서 《음식이 상식이다》에서 닭발 요리를 '황제의 음식'으로 소개한다. 춘추전국시대 제나라 왕이 앉은 자리에서 닭발 천 개를 먹어 치웠다고도 하고, 조선 후기 실학자 이덕무는 곰 발바닥, 제비 넓적다리, 오랑우탄 입술과 함께 닭발을 산해진미 중 하나로 칭송하기까지 했다. 닭발의 명성을 구구절절 읊자니 문득 내가 문제인 건가 싶어진다. 이토록 귀한 음식을 몰라뵈다니. 물론 그래도 먹을 생각은 없다. 추호도 없다.

그래도 딱 하나 닭발 요리에 정이 가는 이유는 있다. 바로 저렴한 안주라는 점이다. 따지고 보면 닭발은 닭 한 마리에 달랑 한 쌍밖에 나오지 않는 귀한 특수부위인데, 어쩐 일인지 가격도 저렴하고 접근성도 좋다. 한때는 황제의 음식이었고 일상에서 접하기 힘든 산해진미였던 닭발은 이제 서민의 대표적인 안주로 자리 잡았다. 나는 제나라 왕이 혼자 먹어 치운 천 개의 닭발보다 하루를 성실히 살아낸 수십, 수백 명의 평범한 사람들이 먹어 치운 천 개의 닭발이 더 귀하고 뜻깊다고 믿는다. 닭발은 생전에는 닭의 삶을 지탱하며 족적을 남겼고, 사후에는 고단한 인간의 하루를 지탱하며 족적을 남긴다. 그렇게 생각하면 닭발 요리가 꽤 근사해진다. 어쨌거나 나는 먹지 않을 거지만.

*

닭발을 제외하면 닭과 관련된 거의 모든 음식을 좋아한다. 계란도 좋고 닭고기도 좋고 심지어는 닭똥집도 먹는다. 삶거나 구운 계란, 계란프라이, 계란찜, 계란말이 등등 아무튼 다 좋다. 찜닭과 치킨, 백숙과 닭죽은 연달아 몇 끼를 먹어도 질리지 않는다. '부모와 자식 덮밥'이라는 무시무시한 이름의 오야코동(おやこどん)도 좋아한다. 아내는 나를 만나고 채 몇 년이 지나지 않아,

나를 만나기 전에 먹었던 것보다 더 많은 계란과 치킨을 먹게 되었다고 말했다.

하루는 혼자 먹는 라면에 계란 세 개를 푸는 나에게 아내는 "만약 네가 죽어서 지옥에 떨어진다면, 그건 아마 닭발의 저주 때문일 거야"라고 말했다. 그땐 라면에 눈이 멀어 건성으로 듣고 흘렸는데 며칠 지나지 않아 정말로 닭발에 쫓기는 꿈을 꿨다. 다행히 지옥은 아니었고 영화 〈리틀 포레스트〉의 혜원이 머물던 시골집을 닮은 마당이었는데, 흙바닥에서 별안간 잘린 닭발들이 우수수 돋아났다. 기겁하고 내달리는데 잘린 닭발들, 그 노랗기도 하고 누렇기도 한 닭발들이 닦달하듯 나를 쫓아왔다. 정신없이 달리다가 퍼뜩 잠에서 깨니 새삼 아내의 예언이 원망스러웠다.

그런데 이제 와 닭발을 먹는다고 저주를 피할 수 있을까. 그런 이유로 닭발을 먹어야 한다면 나의 현세가 닭발의 저주에 걸린 거나 마찬가지 아닐까. 닭발은 나

대신 아내가 맛있게 먹어주니까 괜찮지 않을까. 비몽사몽 중에도 그런 생각을 한 걸 보니, 아무래도 웬만한 저주로는 내 편식을 바꾸지 못할 것 같다.

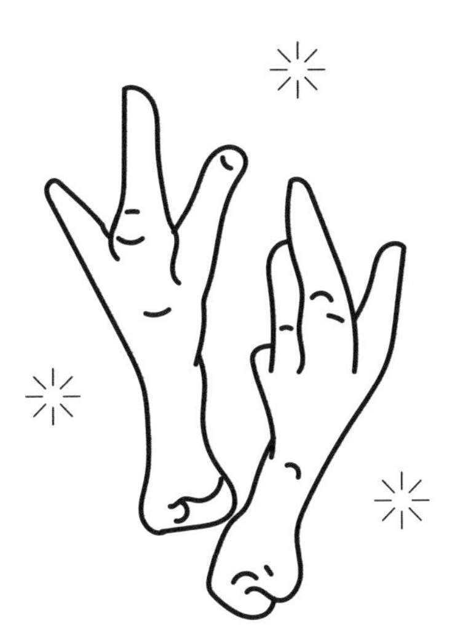

× ○ × ○ × ○ × ○ × ○ × ○ ×

당신의 최고가
나의 최악일 때

여러 선물 중에서도 책 선물은 꽤 고난도에 속한다. 색이나 디자인, 브랜드처럼 직관적으로 취향을 판단할 수 있는 물건이 아니어서 그렇다. 책 표지나 출판사, 작가의 명성도 선택의 이유가 될 수 있지만 그건 자신이 읽을 책을 고를 때의 일이다. 선물할 책을 고를 때는 내용을 가장 고민하게 된다. 한 권의 책에는 작가의 생각과 취향, 사상과 말투가 고스란히 담겨 있다. 달리 말하면 책 선물이란 '어떤 사람'을 소개하는 것과 같다. 내게는 더할 나위 없는 호인이 누군가에게는 끔찍한 악인일 수도 있듯이, 내 인생 최고의 책이 상대방에게는 돈을 받고도 읽고 싶지 않은 최악의 책일 수도 있다.

나처럼 지독한 편식쟁이를 곁에 둔 사람들에게는 음식 추천도 책 선물만큼이나 고난도의 일일 것이다. 음식이야말로 때깔이나 플레이팅, 브랜드보다도 음식의 맛이 가장 중요한 만족의 척도이니까. 자신이 먹어보고 만족했던 음식을 건넸을 때 상대방이 인상을 찌푸리며 먹지 않는다거나, 한두 입 먹고 맛없다는 평을 내리면 분명 뻘쭘하고 민망할 것이다. 지금보다 배려심이 현저히 부족했던 과거의 나는 음식을 추천해 준 지인들을 자주 뻘쭘하고 민망하게 만들곤 했다.

스무 살 대학 신입생 땐 오징어먹물파스타를 권하는 여자 동기에게 뭐 그딴 걸 먹냐는 듯한 표정을 비치며 시식을 거절한 적이 있다. 그 여자 동기는 지금까지도 우리 부부와 절친한 사이인데, 아직도 그 얘기가 나오면 종종 나를 째려본다. 결혼 전부터 명절마다 삼겹살과 갈미조개를 구워주시던 장인어른께도 그만 흔들리는 동공을 들키고 말았다. 나름 별미에 가격도 꽤 나가는 갈미조개를 일부러 구워주시는 정성을 편식으로 받아친 배은망덕이란. 내 딴엔 티를 내지 않으려 노력하며 갈미조개와 삼겹살을 두루두루 먹었는데, 언젠가부터 내 앞으로 삼겹살만 쌓이더니 또 언젠가부터는 아예 오리불고기로 메뉴가 바뀌었다. 지면을 빌려 장인어른께 죄송하다는 말씀을 드리고 싶다.

*

그런데 민트초코만큼은 상대방의 뻘쭘함과 민망함을 무릅쓰고서라도 피하고 싶다. 뭔가 건드리면 안 되는 걸 건드리는 기분도 들지만, 나는 확실한 '反민초단'이다. 민초단인 아내는 초콜릿의 달콤함과 민트의 상쾌함이 어우러져 좋다고 한다. 말이라는 게 이렇게 아 다르고, 어 다르다. 나는 입안에 양치 거품을 문 채로 초콜릿을 씹어먹는 기분이 들어서 싫다. 애초에 양치 거품을 입에 물고는 어떤 음식이든 어울릴 리가 없지 않은가. 나는 민트도 좋아하고 초코도 좋아하지만, 굳이 그 둘을 섞는 저의가 무엇이냔 말이다.

내 입장에선 괴상하기 짝이 없는 맛이지만, 유럽에서 민트초코는 역사가 깊은 디저트다. 16세기 무렵부터 맛이 쓴 카카오를 편하게 섭취하기 위해 민트와 섞기 시작했고, 18세기에 이미 민트초코맛 음료를 판매했다고 한다. 배스킨라빈스는 1945년 첫 가게를 오픈할 때부터 지금까지 민트초콜릿칩 아이스크림을 팔고 있다. 배스킨라빈스 창업자는 분명 민초단이었으리라. 심지어 1973년 영국에서 열린 앤(Anne) 공주의 '결혼식 디저트 콘테스트'에서는 민트초콜릿칩 아이스크림이 선정되기도 했다. 그래, 유럽은 그렇다 치고 우리나라에서는?

배스킨라빈스가 한국에 민트초콜릿칩 아이스크림을 처음 선보인 게 1990년이었다고 하니, 이 비극의 역사도 벌써 30년을 훌쩍 넘긴 셈이다. 요즘은 민트초코맛 치킨, 민트초코맛 떡볶이도 출시되던데… 아무리 밈(meme)이라지만 음식 가지고 그렇게 장난치는 거 아닌데 말이지.

*

개인적인 감정을 덜어내고 생각해 보면 민트초코를 둘러싼 민초단과 反민초단의 팽팽한 대립은 음식 자체의 문제라기보다는 극명하게 나뉜 취향의 문제다. 민트초코에 있어 적당히 좋아하거나 적당히 싫어하는 경우의 수는 없다. 민초단이거나 反민초단이거나, 둘 중 하나다. 민트초코에 무관심한 사람조차 일단 먹기만 하면 지체 없이 양자택일을 하게 된다. 사실 민트초코에게는 아무런 죄가 없다. 서로의 취향을 이해하지 못하고 이상한 것으로 여기는 태도가 문제일 뿐….

책이든 음식이든, 뭐가 됐건 간에 나의 최고가 누군가의 최악이 되는 건 굉장히 안타깝고 조금 슬프기까지 한 일이다. 최고를 전해주고픈 선한 마음은 여리고 흰 풀꽃 같아서, 상대방의 마뜩잖은 표정에도 쉽게 꺾이고 상처받는다. 특히 취향에 관해서라면 더더욱 그렇다. 우리가 같은 부류의 인간이라고 생각했는데, 취향이 극명하게 갈리는 순간 마치 다른 종을 마주하는 듯한 거리감이 느껴진다.

그런 거창하고도 안타까운 일을 겨우 민트초코 때문에 겪을 필요는 없지 않을까. 먹을 사람은 먹고, 먹지 않을 사람은 먹지 않으면 그만이다. 제발 먹으라고 들이밀지 말고, 먹는 것을 말리지 말자. 나의 최고가 누군가의 최악일 수 있음을 항상 명심하자. 민초단 모임이 아니라면 배스킨라빈스에서 파인트 이상을 주문할 땐, 민트초콜릿칩은 하나만 고르자. 反민초단인 나도 민트초콜릿칩이 살짝 묻은 아몬드봉봉 정도는 모른 척 먹어볼 테니까.

[회]

× ○ × ○ × ○ × ○ × ○ × ○ ×

어렴풋한 통영의 기억

고등학생 땐 막연히 사회복지학과나 문예창작학과를 염원했지만 "졸업해서 돈도 못 버는 학과에 뭣 하러 비싼 등록금 내고 들어가느냐?"라는 담임선생님의 으름장에 어영부영 국제통상학부로 진학하게 됐다. 당시엔 담임선생님의 말이 산술적으로 매우 그럴듯하게 들렸는데 이제 와 생각해 보면 좀 우습다. '뭣 하러' 대학에 가느냐 하는 꽤 무겁고 심오한 질문을, 등록금과 졸업 후 연봉으로 치환해 버렸으니. 게다가 나는 군 제대 이후 기어코 국어국문학과로 전과하지 않았는가. 14년 전 담임선생님의 말씀은 여러모로 우스워졌다.

군 제대 직후 엉겁결에 대학문학상을 받으면서 나의 문학적 자아는 걷잡을 수 없이 부풀기 시작했다. 그와 동시에 복학 후 듣게 된 '경영통계'라는 강의에서 나의 수학적 자아는 쪼그라들다 못해 거의 제거됐는데, 그 교묘한 두 자아의 불균형이 나를 충동적인 전과로 이끌었다. 경영통계 강의를 듣고 나오자마자 학과 사무실에 가서 휴학 신청과 전과 문의를 동시에 했다. 복학 2주 만에 벌어진 일이었다. 머지않아 한국을 대표할 대문호가 될 것이라 믿으면서….

*

국제통상학부에서도, 국어국문학과에서도 좋은 인연들을 많이 만났다. (아내와의 연애도 국제통상학부에서 시작됐다.) 국문과에서 만난 한 살 아래 후배인 L도 그중 한 명인데, 글발로 보나 주량으로 보나 인싸 중의 핵인싸였다. L 덕에 '아싸 재질'인 나도 꽤 활발히 학과 생활을 이어갈 수 있었다. 함께 글쓰기 모임도 하고, 술도 마시고, 가끔 통영이나 전주로 바람을 쐬러 다녀오기도 했다.

2014년 4월의 통영은 바닷바람이 꽤 쌀쌀했다. 통영 중앙시장 인근 게스트하우스에 짐을 풀고 당장 식도락부터 즐기기 시작했다. 충무김밥으로 점심을 해결하고 동피랑 마을을 구석구석 걸었다. 국문과 아니랄까 봐

청마 유치환 시인의 문학관도 둘러보고, 이순신공원까지 걸어가 크고 작은 섬들이 듬성듬성 떠 있는 바다를 내려다보다 허기가 질 때쯤 꿀빵을 먹었다. 그쯤 되니 슬슬 체력은 바닥나고 주력(酒力)이 필요한 시간이 다가왔다.

나의 유별난 편식은 L도 익히 알고 있었다. 해산물을 잘 먹지 않고, 특히 날것은 아예 입도 대지 않는다는 사실을. 하지만 호시탐탐 회를 먹으러 갈 기회를 엿보면서도 동시에 나를 위해 맛있는 고깃집을 검색하는 L의 곤란함을 모른 체할 수 없었다. '부산에 살면서도 회를 먹지 않는데, 통영이라고 무엇이 다를 것인가' 하는 건 순전히 내 입장이고, 상식적으로 생각해 봐도 기왕에 통영까지 왔는데 삼겹살이라니, 그건 너무하다는 생각이 들었다. 나는 L에게 호기롭게 회 시식을 선언했다. L의 얼굴이 활짝 펴지면서 걸음이 가벼워졌다. 우리는 왔던 길을 되돌아 중앙시장의 초장집으로 향했다.

*

대학생 주머니 사정이 그리 넉넉하진 않으니 만만한 광어회와 우럭회를 주문했다. 수족관을 유영하는 생선 중에 그나마 내가 먹기 편한 흰 살 생선이라는 이유도 있었다. 막상 초장집에 오기는 왔는데 금세 초조해졌다. '과연 내가 생선회를 먹을 수 있을 것인가'는 딱히 문제가 아니었다. 정 못 먹겠으면 안 먹으면 될 일이니까. 진짜 나를 초조하게 만든 건 L의 굉장한 주량이었다. 어쨌거나 이 자리에서 코가 삐뚤어질 만큼 마실 텐데, 회를 먹지 않는다면 그야말로 강소주를 마시게 될 판국이었다. 초장집의 밑반찬은 안주로 삼기엔 간소하다 못해 빈약했다. 나의 불안한 동공이 초장집을 훑는 동안 L은 재빠르게 소주를 건넸다. 회 접시가 나오기도 전에 둘이서 소주 한 병을 거뜬히 비웠다.

솔직히 말해서 그날의 기억이 그리 온전치 않다. 회 접시가 나오고, 초장에 찍어 회를 몇 점 먹고, 내가 회를 먹는 모습에 신이 난 L이 소주를 권하고… 얼마 가지 않아 우리는 신경림 시인의 시 〈파장〉의 첫 구절처럼, 얼굴만 봐도 흥겨운 못난 놈들이 되어버렸다. 그러다 문득 속이 받치는 느낌이 강하게 들었다. 취기가 오를 만큼 올라 회인지 무나물인지 분간도 되지 않는 와중에도 한 번 거부감이 들고 나니까, 회를 먹을 엄두가 나지 않았다. 어쩌면 과음 탓이었는지도 모른다. 내 속사정이야 어떻든 L은 부지런히 소주병을 들이댔다. 그쯤부터 나에게 그 술자리는 생활의 문제가 아니라 생존의 문제였다. 잔입술까지 찰랑거리는 소주를 한입에 털어 넣고서는 젓가락으로 회를 집어 매운탕 뚝배기 국물에 퐁당 담갔다 건져내 먹었다. 본능적으로 일종의 샤브샤브를 시도한 셈이다. 광어회 샤브샤브는 구운 생선살보다는 부드럽고 찐 생선살보다는 담백했다. 사실 정확한 맛은 기억나지 않는다. 그저 이 정도면 몇 잔 더 마실 수 있겠다고 생각했던 것 같다.

다음 날 L의 증언에 따르면 우리가 초장집에서 나와 바닷가를 배회했다고도 하고, 늦은 시각까지 영업 중이던 꿀빵 가게에서 꿀빵을 또 샀다고도 하고, 게스트하우스 마당의 평상에서 꿀빵과 캔맥주를 마셨다고도 하고, 고성방가로 항의가 들어와 머리 조아리며 사죄했다고도 한다. 나는 기억이 없지만 주량이 센 L이 그랬다고 하니 그런 줄로 알고 있다. 그런데도 매운탕에 회를 담가 샤브샤브처럼 먹었던 장면만은 선명한 걸 보면, 어지간히도 다급했던 게 분명하다. 의외로 창의성은 자율적인 환경보다 사지에 내몰렸을 때 발휘되는 건지도 모른다.

*

당연하게도 그날 이후로 회를 입에 댄 적은 없다. 더더욱 당연하게도 회를 매운탕에 담가 먹어본 적도 없다. 그날은 과음으로 꽤 많은 장면이 잊힌 날이면서도, 매운탕 샤브샤브를 결코 잊을 수 없는 기묘한 날이다. 만약 기억의 명암이 반전되었다면 어땠을까? 만취해 제멋대로 휘청이고 내뱉었던 언행들은 모조리 기억하고, 매운탕 샤브샤브는 기억하지 못한다면? 아무래도 지금이 더 낫다고 할 수밖에 없겠다. 부끄러운 기억은 L에게 떠넘기고 나는 생애 처음이자 마지막인 매운탕 샤브샤브의 맛만 어렴풋이 기억하련다.

[가지]

× ○ × ○ × ○ × ○ × ○ × ○ ×

백문이 불여일견(不如一見)이자 불여일식(不如一食)

전혀 관심 없던 것이라도 누군가가 옆에서 호들갑을 떨면 괜히 눈길이 가는 게 인지상정이다. 요즘 가상화폐나 주식 투자에 아무런 준비 없이 뛰어들었다가 낭패를 보는 사람들도 어쩌면 그 시작은 얄궂은 인지상정 때문이었으리라.

음식도 마찬가지다. 한번 먹어보라는 말보다 더 구미를 당기는 건, 먹는 자가 표현하는 본연의 황홀경이다. 수년 전에 음식 관련 원고를 청탁받아 편식주의자 주제에 몰염치하게도 여러 편의 칼럼과 에세이를 쓴 적이 있다. 나름대로 쓴다고는 썼는데 지금 다시 읽으면 역시 몰염치했구나 하는 생각이 든다.

그러고도 1년쯤 뒤에 권여선 소설가가 쓴 음식 산문집 《오늘 뭐 먹지?》를 읽고서 저자의 문장에 감탄하고, 과거의 내 문장을 반성하게 됐다. 지금까지도 그토록 찰지고 감칠맛 나는 음식 에세이를 읽어본 적이 없다. 저자가 책 곳곳에 밝혀두었듯이 '음식' 산문을 가장

한 ‘안주’ 산문집이기 때문에 그런 건지도 모르겠다. 가끔 입맛이 뚝 떨어졌을 땐, 한여름에 동치미 국물을 마시듯 《오늘 뭐 먹지?》의 아무 에피소드나 펼쳐 읽는다. 나도 즐겨 먹는 국수나 무조림, 오징어튀김에 관한 에피소드를 읽으면 금세 식욕이 돋는다. 심지어 내가 먹지 않는 물회나 젓갈을 다룬 에피소드를 읽어도 무의식중에 침을 꼴깍 삼키게 된다. 그 끝엔 나도 이런 문장을 써내고 싶다는 생각이 쌉싸름하게 돌긴 하지만.

*

식도락에 유독 진심인 친구가 있다. 스무 살 때 내게 오징어먹물파스타를 권했다가 퇴짜 맞았던 바로 그 여자 동기 B다. B는 모임에서 언제나 훌륭한 밥총무 역할을 해낸다. B의 휴대폰에는 거주지인 부산뿐만 아니라 여행이나 외근으로 다녀갔던 타지 곳곳의 맛집 리스트가 빼곡하게 정리되어 있다. 이사를 하면 한 달도 채 지나지 않아 원래 동네 주민에 버금가는 맛집 지도를 구축한다. 미식과 탐식의 균형을 추구하는 B는 평범한 메뉴라도 맛이 깊고, 낯선 메뉴인데도 간이 적절한 맛집을 잘 찾아낸다. 마치 흥행에 성공한 독립영화 같은 맛이랄까. 그 덕에 B와 만날 때는 메뉴 고민을 할 필요가 없고 새로운 맛집을 발견한다는 생각에 설레기까지 한다.

B는 맛있는 음식을 먹었을 때의 표현 또한 남다르다. 다른 어떤 의도도 찾아볼 수 없는, 참되고 무구한 만족이 표정에 그대로 드러난다. 첫입에 고음의 숨넘어가는 소리와 함께 눈과 콧구멍이 확장된다. 고개를 끄덕이며 동석한 사람들과 자연스럽게 눈빛을 교환하고, 八 자로 굽은 눈썹 사이로 진실의 미간 주름이 도드라진다. 한껏 솟은 광대에 옅은 홍조가 돌고 옆 사람의 어깨를 찰싹찰싹 때리면서 감격스러운 첫입 시식이 끝난다. 감히 단언하건대 누구라도 B의 맛 표현을 실제로 본다면 구미가 당길 수밖에 없다. 그건 권여선 소설가의 맛깔 나

는 문장과도 견줄 만하다. 나의 편식주의도 종종 B의 맛 표현 앞에서 힘을 잃고 만다.

*

우리 부부보다 5개월쯤 후에 결혼한 B네 부부는 부산 금정구에 신혼집을 차렸다. 부지런한 B는 얼마 지나지 않아 신혼집 일대의 손두부 음식점, 보쌈 전문점, 돈가스 가게 등등의 맛집 소식을 전해오더니 금세 금정구 전체의 맛집 지도를 구축했다. 그중에서도 장전동에 있는 '홍안 양꼬치'야말로 진정한 양꼬치 맛집이라며 우리 부부를 데려갔다.

B의 안목은 의심의 여지가 없었다. 과연 내가 먹어본 어떤 양꼬치보다도 부드럽고 고소했다. 양고기 특유의 누린내도 없고 기본 찬도 정갈했다. 특히 꼬치 외에도 마파두부, 건두부볶음, 육향가지볶음 등등 메뉴가 많았는데 다른 테이블을 슬쩍 엿보니 그 또한 비주

얼이 대단했다. 양꼬치 하나에 소주 두 잔씩, 약속이나 한 듯 착착 잔을 비워내니 금세 술기운이 거나하게 돌았다. 앙상한 꼬치들이 테이블 한구석에 쌓이자 B는 특유의 맛깔나는 표정으로 사장님을 불러 육향가지볶음을 주문했다. 나는 취기가 꽤 오른 와중에도 언뜻 '가지볶음은 별로인데…'라고 생각했다. 으레 편식하는 자들이 그렇듯 나 또한 가지를 먹지 않기 때문이다. 조리 후에도 겉은 미끌미끌하고 속은 물컹거리는 가지의 식감이 싫다. 딱히 무슨 맛이나 향이 느껴지지도 않는다. 보랏빛 색깔도 좀 당황스럽다. 그런 식이면 자색 고구마도 보랏빛에 가깝지 않냐고 반문할 수도 있겠다. 솔직히 말하면 가지가 싫으니까 가지의 색깔도 고까운 것 같다. 먹지 않는 음식에 대해선 이렇게나 속이 좁다.

모서리가 둥근 사각 접시에 수북하게 담겨 나온 육향가지볶음의 자태는 얼핏 보기에도 꽤 먹음직스러웠다. 숭덩숭덩, 어슷어슷 썬 가지와 대파와 고추를 소스와 함께 볶은 듯했다. 분명 먹음직스럽긴 했으나 그때까지만 해도 나와는 무관한 일이었다. 아내와 B의 남편이 한 입씩 먹고서 맛있다며 내게 먹어보라고 권할 때도 딱히 구미가 당기진 않았는데 그만 B와 눈이 마주치고 말았다. 확장된 눈과 콧구멍, 八자 눈썹과 미간의 주름, 끄덕이는 고개와 붉은 광대, 만면에 퍼진 순도 100퍼센트의 만족감까지. 다시 말하지만, 누구라도 그걸 본다면 구미가 당기게 된다. 가지에 대한 나의 경계태세는 사이비 교주의 손짓 한 번에 우르르 넘어지는 신도들처럼 무력해졌다. 나도 모르게 홀린 듯 육향가지볶음을 크게 한입 베어 물었는데,

*

그게 말도 안 되게 맛있었다. 맛이 없어야 말이 되는 건데, 어이없을 만큼 맛있었다. 분명 볶음인데도 가지의 겉 식감은 마치 튀긴 것처럼 바삭했다. 씹자마자 가지

가 머금은 상쾌한 수분이 진한 소스의 맛을 중화시킨 덕에 입안은 개운하고, 풍부한 향은 비강에 머물며 진한 여운을 남겼다. 이런 가지볶음이라면 소주 한 병 정도는 거뜬히 더 마실 수 있을 것 같았다. 문득 정신 차려보니 내 표정은 B의 표정과 닮아 있었다.

이것은 술기운에 의한 착각인가, 아니면 B의 맛 표현에 감화되어 내 식성이 변한 것인가. 그것도 아니라면 그냥 사장님의 요리 솜씨가 어마어마한 것인가. 원인이 뭐든 좋았다. 가지볶음은 맛있고, 소주는 달고, 나는 신이 났다. 생애 처음으로 가지를 맛있게 먹은 날이었다. 역시 백문이 불여일견(不如一見)이자 불여일식(不如一食)이다. B처럼 맛있게 먹을 줄 아는 사람 옆에 있으면 괜히 따라서 먹어보고 싶어진다. 먹었더니 의외로 맛있다면 식도락이 하나 더 늘어나는 셈이다. 다만 그 유효기간은 그리 길지 않다. 그날 이후로 나는 다른 가지 요리를 먹은 적이 없으니. B가 이 사실을 알면 또 혀를 끌

끌 차면서 우리 부부를 홍안 양꼬치로 데려갈 것이다. 그러면 나는 또 육향가지볶음을 먹을 것이다. 분명히, 분명히.

[곤약]

× ○ × ○ × ○ × ○ × ○ × ○ ×

취향에 해명이 필요합니까?

글쓰기는 청소와 닮은 점이 많다. 청소란 본디 버릴 것은 버리고, 남은 것들을 분류하는 일이지 않은가. 그러다 잃어버린 줄 알았던 아파트 현관 카드키나 동전 따위를 소파 밑에서 발견하기도 하고. 글쓰기도 마찬가지다. 막연하던 머릿속이 글을 쓰는 동안 정리된다. 사족은 지워지고, 힘주어 내세워야 할 말과 은근히 의도를 내비쳐야 할 말들이 분류된다. 얼룩진 창을 닦아야 비로소 풍경이 선명하게 보이듯, 흐리멍덩한 정신을 활자로 닦다 보면 꽤 많은 것들이 분명해진다. 내 생각과 감정과 입장, 그리고 취향까지.

편식을 고상하게 표현하면 '다소 치우친 취향' 정도일 테다. 그런 점에서 이 책의 원고를 쓰는 일은 내 취향을 더욱 분명히 하는 일이기도 하다. 먹지 못하거나 먹지 않는 음식들을 열거하자고 들면 열여섯 마디 프리스타일 랩 정도는 거뜬할 텐데, 그 이유를 항목별로 분류해 본 적은 없다. 그런데 원고를 써내면서 차츰차츰

내 편식의 이유도 정리되는 기분이다. 예를 들면 나는 '물컹거리는 식감' 때문에 곤약을 먹지 않는다.

*

곤약은 구약감자라는 나물의 줄기를 분쇄, 도정하고 응고제를 첨가해 만든 가공식품이다. 색은 희멀겋고 겉은 탱글탱글, 속은 물컹거린다. 흔히 같은 음식으로 오해받는 우뭇가사리는 해조류이기 때문에 엄연히 그 출처가 다르다. 곤약은 칼로리가 낮아 다이어트 식품으로 인기 있는데, 나라면 차라리 굶고 말겠다. 부산의 분식점에 가면 어묵, 물떡과 함께 빠지지 않는 것이 바로 곤약 꼬치다. '기왕 맛있게 먹을 거면 제대로 먹자!'를 추구하는 나로서는 굳이 실곤약 라면이나 곤약 꼬치를 먹는 이유를 납득하기 어렵지만, 누군가는 단지 맛있어서 곤약을 먹기도 할 것이다.

그런데 '맛있다'는 형용사는 꽤 많은 의미를 내포한

다. 미각의 영역에서 간이 적당하다는 의미일 수도 있고, 음식을 씹는 동안 코를 타고 올라오는 냄새가 매력적이라는 의미일 수도 있다. 국밥의 국물이 뜨거울수록 시원하고 비빔국수는 차가울수록 입맛이 돋는 것처럼 음식의 온도가 적절하다는 의미일 수도 있다. 무취, 무미에 가까운 곤약이 맛있다는 말은 아마도 식감의 영역에서 비롯된 것이리라. 내가 견디기 힘든 물컹거리는 식감이 누군가에겐 자꾸만 씹어 먹고 싶은 '맛있음'이 되는 것이다.

*

지금 생각해 보면 어릴 적에 내 편식을 고쳐보려 그토록 많은 잔소리와 겁박과 회유를 시도했던 부모님조차, 곤약만큼은 딱히 먹이려 들지 않으셨다. 이거 먹어봐, 했을 때 싫어요, 라고 대답해도 혼나지 않는 유일한 음식이었다. 왜 안 먹냐, 라고 물었을 때 물컹거리는 게 싫어서요, 라고 대답하면 부모님은 무슨 말인지 알겠다는 듯 그저 고개를 끄덕이셨다. 삐쩍 마른 아들에게 굳이 저칼로리 곤약을 먹일 필요는 없었던 게지. 칼로리는 고사하고 식이섬유를 제외하면 영양소도 거의 없다시피 한 곤약이니 먹어도 그만, 먹지 않아도 그만이라고 생각하셨던 것일 수도 있다. 그것도 아니라면 그날따라 그냥 피곤하셨던 걸까.

아무튼 그 덕분에 어릴 적부터 곤약만큼은 싫다는 의사를 확실히 밝힐 수 있었다. "곤약은 물컹거려서 싫어요!" 대상과 사실과 취향이 간명하게 들어간 문장을 암행어사의 마패처럼 당당히 내보였다. 가진 것이라고는 식감이 전부인 곤약을 식감 때문에 싫다고 하니 별 수 있나. 안 먹는다고 큰일 나는 것도 아니고, 먹는다고 딱히 건강에 큰 도움이 되는 것도 아닌데. 여러모로 무용한 곤약 앞에서 부모님은 시큰둥했고 나는 의기양양했다.

물론 "곤약은 물컹거려서 싫어요!"라는 문장은 오직 곤약에 한해서만 유효한 마패였다. 버섯을 먹어보라는 부모님의 권유에 "버섯은 물컹거려서 싫어요!"라고 대답했더니 "이 자슥이! 버섯이 얼마나 몸에 좋은데~"로 시작하는 융단폭격이 이어졌다. 버섯은 곤약만큼 만만한 상대가 아니었다. 그 후로도 굴, 홍시, 도토리묵 등 식감 때문에 먹지 못하는 음식을 만날 때마다 나의 마패는 무력했다. 심지어 조금 억울한 기분마저 들었다. 어떤 음식을 좋아하는 이유는 하나만으로도 충분한데, 왜 싫어하는 이유는 하나만으로는 부족한 걸까? 누군가를 혐오하거나 미워하겠다는 것도 아니고 단지 음식을 먹지 않겠다는 것뿐인데 말이다.

어릴 땐 먹어보라는 말에 대뜸 이 음식은 이러저러해서 싫다고 이유부터 밝혔는데, 어른이 되고선 완곡한 거절만 내비친다. 굳이 이유까지 말해가며 편식의 당위성을 확보할 필요가 없다고 생각하기 때문이다. 상대방의 납득 여부는 내 취향에 아무런 영향을 미치지 못한다. 굳이 먹지 않는 이유를 묻는다면 사람 좋은 미소로 에둘러 대답하겠지만… 먹고 안 먹고는 내 취향이고, 내 선택이라는 점은 달라지지 않는다. 가끔 서른 중반을 앞둔 내게 편식에 대해 왈가왈부하는 이야기를 듣다 보면 괜히 오기에 받칠 때가 있다. "취향에 무슨 해명이 필요합니까?" 확 따져 물으려다 속으로 삼키는 문장이다. 물론 취향에는 해명이 필요 없다. 정말로 필요 없다.

[선지]

× ○ × ○ × ○ × ○ × ○ × ○ ×

하핫, 안 주셔도 되는데

인류는 언제부터 피를 마시기 시작했을까? Bram Stoker의 소설 《Dracula》가 1897년 작, 오리선지두부의 해독 효과를 언급한 청나라시대 《본초편독》 편찬이 1887년, 칭기즈칸의 몽골 군대가 말의 피를 마시며 유라시아를 내달린 게 13세기경이라고 하니 그 역사가 꽤 유구하긴 하다. 물론 기록을 토대로 하면 그렇다는 것이지, 실제로는 훨씬 더 아득한 고대부터 동서양을 막론하고 인류는 동물의 피를 마셨다. 그러니 아프리카, 중국, 스웨덴, 핀란드, 독일, 영국 등등 세계 곳곳에서 동물 피를 이용한 요리가 발견되는 것도 이상하지 않다.

동물 피를 이용한 대표적인 한국 요리로는 선지해장국이 있다. 얼핏 보면 얼큰한 소고기국밥 또는 육개장인데, 단면에 작은 구멍이 송송 뚫린 선지 덩어리들이 턱 하니 담겨 있다. 일제강점기인 1930년대에 서울 청진동 골목에서 선지해장국이 성행했고, 당시 신문에는

'선지해장국 끓이는 법'이 실리기도 했단다. 어느 시절엔 살기 위해 먹었을 것이고, 또 어느 시절엔 숙취로 쓰린 속을 풀기 위해 먹었을 것이다. 그야말로 피가 되고 살이 되는 고마운 선지 아닌가.

*

자, 이쯤 했으면 동물의 피로 만든 요리, 그중에서도 선지해장국에 대한 내 나름의 예우는 다했다고 본다. 내장까지는 어찌어찌 받아들이겠는데 도대체 동물 피는 왜 먹는 걸까? 부족한 단백질은 고기로, 부족한 철분은 영양제로 대신하면 안 될까? 이러나저러나 나에게 먹으라고 강요만 하지 않는다면 상관은 없지만… 정말이지 난제가 아닐 수 없다. 굳이, 동물의 피를, 굳혀서, 먹는다니.

웬만해선 음식을 가리지 않는 아내는 선지해장국도 잘 먹는다. 어릴 적부터 몸이 허약하고 빈혈이 심해 부모님께서 일부러 챙겨 먹이신 덕이다. 쌍둥이인 아내와 처제는 고등학교를 졸업할 때까지도 아침에 일어나 화장실로 향하는 동안 앞이 잘 보이지 않는 것이 당연하다고 생각했단다. 누구나 막 잠에서 깨면 겪는 현상일 거라고. 특히 아내는 빈혈 증상이 더 심해서 아침에 눈을 떠보면 부엌 식탁 아래에 엎어져 있었던 적도 많았단다. 이런 얘길 들으면 아내가 20년 동안 무탈하게 살아내고 나를 만난 것이 기적처럼 느껴진다. 아내의 구사일생에 선지해장국 덕이 크니, 우리 부부의 사랑은 장밋빛이 아니라 핏빛이라고 해야 할까.

아내의 직장 동료인 L 선생님도 선지해장국을 잘 드신다. 그냥 먹을 줄 아는 정도가 아니라, 선지해장국의 선지를 아껴 먹을 정도로 좋아하신다. 아껴 먹다가 다 식은 뚝배기 바닥에 선지만 덩그러니 남으면, 공깃밥 위에 남은 선지를 얹어 야무지게 비벼 드신다고도 했다. 그러니까 그건 핏덩이를 밥과 비빈, 달리 말해 '피빔밥'인 셈이다. L 선생님께는 죄송하지만, 아내에게 피빔밥 에피소드를 듣는 순간 온몸에 소름이 돋고 어깨가 귀까지 올라붙었다. 물론 L 선생님의 탓은 아니다. 단지 편식주의자의 약한 비위 탓일 뿐.

*

사람을 진짜 곤란하게 만드는 건 음흉한 악의가 아니라 무구한 선의일 때가 많다. 악의는 단호한 거절로 받아치면 되는데 선의는 그러기도 힘들다. 상대방의 선의가 나의 괴로움이 될 때는 더욱 그렇다. 그 상대방이 함부로 대하기 어려운 '윗분'이라면 더더욱.

해장국 가게에서 나는 소고기국밥, 윗분은 선지해장국을 먹을 때. 첫술을 뜨기도 전에 윗분께서 내 소고기국밥 위에다 선지 덩어리를 한두 개쯤 턱 하니 올려둘 때. 당혹감에 벌어진 입을 다물지도 못하고 고개를 돌렸는데 윗분이 사람 좋은 미소를 보일 때.

벌건 소고기국밥 국물이 문득 핏빛으로 비치고 입맛이 툭 떨어지는데, 함부로 언짢은 티를 낼 수도 없다. 윗분의 선의가 너무나 선명하고 분명했기 때문이다. 하핫, 안 주셔도 되는데, 이런 귀한 것을, 하핫…. 누가 봐도 어색한 웃음으로 상황을 무마하면서 선지를 뚝배기 바닥으로 슬그머니 밀어 넣는다. 숟가락으로 건더기와 국물을 팍팍 떠먹어야 하는데, 혹여나 선지까지 먹게 될까 싶어 젓가락으로 건더기만 따로 건져 먹는다. 얼굴을 가릴 만큼 뚝배기를 들어 올려 국물을 들이켜야 하는데, 어쩔 수 없이 선지 덩어리가 잠길 만큼 국물을 남긴다. 영 찝찝한 기분으로 가게를 나서면 그제야 윗분께서 하는 말. "아, 맞다. 선지 안 먹는다 그랬지?" 하핫, 괜찮습니다, 하핫. 그럴 때마다 나는 생각한다. 선지 해장국이 있는 한, 우리 식문화에서 피의 역사는 계속될 것이라고. 선지 덩어리를 피하지 못하는 내 가련한 편식의 역사도 물론 함께.

취향에 있어서만큼은 섣부른 호의나 선의보다 조심스러운 의문이 앞서는 편이 좋다. 딴엔 귀한 것을 나눠준다고 인심을 썼다가 오히려 폐를 끼칠 수도 있으니까. 음식이든, 음악이든, 옷이든 마찬가지다. 취향은 일단 존중하고 모르면 먼저 물어보자. 상대방을 위하고 싶다면, 상대방이 원하는 걸 주자. 제발 나 같은 인간에게 선지 덩어리 건네주고서 혼자 웃지 마시고.

[바나나]

× ○ × ○ × ○ × ○ × ○ × ○ ×

느낌적인 느낌

대학을 졸업할 때쯤 본격적으로 글밥을 먹기 시작했다. 그 시절엔 글마다 기복이 심했고 '나는 이런 글을 쓴다' 하는 확신도 없었다. 그저 내게 원고를 청탁한 이들의 입맛에 맞춘 글을 쓰려 노력할 뿐이었다.

활동성 좋은 정장을 전투복에 빗대어 카피를 쓰고, 코로나19 사태 이후 변화된 비즈니스 시장의 전망을 분석한 칼럼을 쓰기도 했다. 라디오 작가로 일할 땐 오프닝 쓰는 게 어찌나 어렵던지. 청취자의 성별과 나이를 고려해 소위 '아재 개그'를 재미있게 풀어내려 애쓰다 보면 '그러니까 이걸 듣고 웃는 사람들이 있다는 거지?' 하는 생각에 헛웃음이 나왔다. 대입 자기소개서를 첨삭할 땐 빈약하디 빈약한 소재로 얼마나 내용을 부풀릴 수 있는지 새삼 나의 뻥튀기 실력에 놀라기도 했다. 결과적으로 그 모든 경험은 내 글쓰기의 자산이 되었지만 이제 와 돌이켜보면 뭐랄까, 닥치는 대로 상황을 쳐내느라 정작 '나다운 글은 무엇인가?'에 대해 고민할 겨를이 없었다. 고객의 반응, 제품의 판매 실적, 청취자가 보내는 문자 메시지, 학생의 대학 합격 여부에 따라 뒤늦게 내 글이 어땠는지 확인하며 지냈다.

그러다 교정 교열 전문가인 김정선 작가의 〈내 문장이 그렇게 이상한가요?〉를 읽게 됐다. 아는 만큼 보인다고 했던가, 그제야 내 문장에 덕지덕지 붙은 군살이 비로소 드러났다. 특히 책 서두에서 다루고 있는 〈적·의를 보이는 것·들〉을 읽으면서 내 문장이 얼마나 게으르고 모호했는가 반성하기도 했다. 마치 이 에피소드의 제목처럼 말이다. '느낌적인 느낌'이라니. 세상엔 그렇게 표현할 수밖에 없는 느낌도 있는 법이라지만, 이런 식이라면 수십 번을 말해도 그 느낌이 뭔지 알 수가 없다. '그 성격을 띠는', '그와 관계된'이라는 뜻의 접미사 '-적'을 마구잡이로 가져다 쓰면 의미의 경계가 뭉개지고 흐려지고 만다.

*

그런데 나의 편식에 있어서만큼은 '-적'이라는 접미사가 꽤 유용하다. 입맛이 까다롭기로는 나 같은 '편식가'나 고상한 미식가나 마찬가지다. 다만 차이점이라면 미식가는 확실한 기준과 섬세한 표현으로 미식을 설명할 수 있지만 나는 그럴 수가 없다는 것 정도다. 심지어 나의 편식은 모순적인 면도 많아서 정확한 언어와 명료한 문장으로 정리하려는 노력이 무색해지고 만다. 예를 들어 내장은 먹지 않지만 닭똥집은 즐겨 먹는다. 물컹거리는 식감 때문에 곤약은 먹지 않지만 당면은 좋아한다. 과일 바나나는 입도 대지 않지만 바나나맛 우유는 마신다.

아내는 특히 바나나를 대하는 나의 태도를 의아해했다. 바나나맛 우유를 마시고, 바나나셰이크도 곧잘 먹고, 바나나향 그득한 과자도 먹는데 과일 바나나만은 먹지 않는 괴이한 편식을. 식감 때문이라고 말하기에도 설득력이 부족했다. 심지 부분이 조금 무르긴 해도 굳이 따지자면 물컹거리는 식감은 아니니까. 내 나이 또래에게 바나나는 아주 귀하거나 정서적으로 낯선 과일도 아니다. 어쨌거나 나는 바나나를 먹지 않는다. 아니, 정확히 말하면 먹지 못한다. 한 입 베어 물자마자 목구멍이 콱 닫히면서 헛구역질이 나온다. 어디서부터 잘못된 걸까. 20여 년 동안 그 이유를 모르고 살았다.

아무래도 이럴 땐 느낌적인 느낌이라는 말을 빌릴 수밖에. 바나나의 맛도 좋고, 향도 좋고, 풍부한 식이섬유도 좋다. 하지만 과일 바나나는 뭐랄까, 도저히 삼킬 수 없는 '바나나적'인 거부감이 든다고나 할까.

*

내 바나나 편식의 이유는 예상치 못한 곳에서 발견됐다. 결혼 전에 아내가 내 편식을 일러바친답시고 엄마에게 "어머니, 경빈이 편식하는 건 알고 있었지만 진짜 이상해요. 과일 바나나는 입도 안 대면서 바나나맛 나는 건 되게 잘 먹더라고요"라고 말하며 나를 흘겨봤다. 그럴 때면 아내와 호흡을 맞춰 나를 타박하던 엄마가 그날은 어쩐 일인지 당황스러워하셨다. 그리고 이어지는 내 바나나 편식의 역사.

"빈이가 막 분유 떼고 이유식 먹을 때쯤에 뭐를 먹여야 할지 고민이 많았거든. 엄마도 너무 어려서 뭘 잘 몰랐지. 지금처럼 인터넷에 검색해 볼 수 있는 시대도 아니었다아이가. 하루는 바나나를 좀 으깨서 줬더만 너무 잘 먹는 거야. 하나를 다 먹고 나서도 또 달라고 보채고, 주면 주는 대로 다 받아먹고. 그래서 나도 신이 나서 바나나를 먹였지. 근데 하루는 먹은 바나나를 다 토해내더라고. 그 어린 아기가 얼굴이 시뻘게져서, 엄마도 억수로 놀랬지. 한번 그러고 나니까 야가 바나나를 아예 안 먹드라고…."

아, 그런 거였구나. 나는 바나나를 못 먹어서 못 먹는

게 아니라 너무 많이 먹어서 못 먹는 거였구나. 복에 겨워 그랬구나.

*

엄마는 나이 스물에 나를 낳았다. 미성년자 딱지를 떼자마자 부모라는 무거운 견장을 어깨에 달아야 했다. 나름 유복한 집안의 7남매 중 맏이였던 그녀가 나를 먹이고, 재우고, 달랬다. 그녀의 말처럼 누구 하나 가르쳐 준 사람 없고 지금처럼 인터넷 검색도 되지 않던 시절에 말이다. 쓰레기 수거차도 오지 않던 삼계동 외곽의 산자락 아래 후미진 집에서 말이다. 어릴 땐 그게 얼마나 대단한 일인지 와닿지 않았다. 철딱서니 없는 20대를 꼬박 지나 서른 중반에 이를 때까지 자식으로만 살아보니, 그건 정말 말도 안 되는 일이었다는 생각이 든다.

그랬던 시절에 바나나를 넙죽넙죽 잘 받아먹는 어

린 내 모습이 엄마에게 얼마나 큰 기쁨이었을까. 미음한 그릇보다 값이 훨씬 더 나가는 바나나인들 어떠하랴. 그러다 어느 날 어린 내가 시뻘건 얼굴로 바나나를 다 토해내는 장면은 엄마에게 또 얼마나 큰 미안함이고 자책이 되었을까. 이제는 분명히 안다. 그 시절의 엄마는 정말 최선을 다했다. 여태 내가 바나나를 먹지 못하는 걸 보면 최선의 노력이 항상 최선의 결과를 낳는 법은 아니지만, 그렇다고 엄마의 노력을 폄하할 수는 없는 거니까.

이쯤 되면 감동이 편식을 이길 법도 하건만 죄송스럽게도 나는 여전히 과일 바나나를 먹지 못한다. 영화 〈맨 인 블랙〉의 요원 J가 뉴럴라이저의 빛으로 시민들의 기억을 제거하는 것처럼, 엄마의 지극한 사랑에 대한 감사함도 바나나를 한 입 베어 물자마자 지워지는 것 같다.

*

그런 연유로 나는 '-적'이라는 접미사를 적극 활용해 내 편식을 비호하고 의도적으로 경계를 뭉갠다. 버섯은 뭔가 '버섯적'이라서 싫고 내장은 아무래도 '내장적'이라서 싫습니다. 바나나 가공식품은 괜찮은데 과일 바나나는 뭐랄까, 너무 '바나나적'이라서 못 먹겠습니다. 웃지 마세요, 저는 지금 진지합니다.

슬금슬금 편식의 외연을 넓히는 데에도 '-적'이라는 접미사는 유용하다. 생전 처음 보는 음식을 맞닥뜨렸을 때, 근데 왠지 먹고 싶지 않을 때, 하지만 명료하고 그럴듯한 이유가 떠오르지 않을 때. 그럴 땐 대충 내가 싫어하는 음식과 닮았다고 말해버리는 것이다. 다소 곤약 같은 느낌이 강하네요. 이건 '곤약적'이라서 싫습니다. 만약 상대방이 그게 대체 뭔 말이냐고 묻는다면 그런 '느낌적인 느낌'이라고 대답할 수밖에 없겠다.

[팔]

× ○ × ○ × ○ × ○ × ○ × ○ ×

애들 입맛, 어른 입맛

술이나 담배, 복권처럼 나이 제한이 있는 건 아니지만 음식의 취향은 으레 '애들 입맛'과 '어른 입맛'으로 나뉜다. 맛이 직설적이고 단순하고 자극적인 음식을 선호하면 애들 입맛, 맛이 미묘하고 복합적이고 여운이 남는 음식을 선호하면 어른 입맛이라고 한다. 말이 그렇다는 것이지, 나이가 어리다고 무조건 애들 입맛인 것도 아니고, 나이 든다고 누구나 어른 입맛이 되는 것도 아니다.

'어른 입맛'의 음식은 셀 수 없이 많다. 간단히 짚어보자면 이 책의 목차 첫머리 음식들은 대부분 어른 입맛 음식이라고 볼 수 있다. 어릴 적에는 지금보다 낯설고 정이 가지 않는 어른 입맛 음식이 훨씬 더 많았다. 그중에서도 팥은 어른의 입맛이자 내 아버지의 입맛을 대표하는 식자재였다. 끼니부터 간식까지, 아버지의 팥 사랑은 대단했다. 그 영향인지는 몰라도 콩을 마주하면 '콩밥의 콩을 골라내는 어린아이'의 이미지가 떠오르는

데, 팥을 마주하면 '팥이 들어간 간식을 드시며 만족해 하시는 아버지'의 이미지가 퍼뜩 떠오른다.

*

아버지는 팥이 들어간 바 아이스크림을 좋아하셨다. 비비빅과 아맛나, 빙빙, 깐도리 등등 포장지에 대놓고 팥을 그려둔 바 아이스크림만 골라 드셨다. 지금은 나도 '아버지의 아이스크림들'을 좋아하지만 어린 시절엔 늘 의문스러웠다. 혹시 자식을 위해 생선 대가리를 먹는 부모의 마음일까. 자식들에게는 비싼 콘 아이스크림을 건네고 당신은 값싼 팥 바 아이스크림을…? 아니다. 아무리 기억을 되짚어 봐도 아이스크림을 드실 때의 그 행복한 표정은, 진심이었다.

아버지는 팥죽도 좋아하셨다. 나는 팥죽을 먹더라도 기왕이면 단팥죽으로, 그것도 가능한 한 달큼하게 먹는 편인데 아버지는 일단 팥죽이기만 하면 불만이 없으셨다. 한창 우유빙수가 유행하던 때에도 아버지의 팥을 향한 진심, '팥심'은 여전했다. 우유빙수의 부드럽고 고소하고 달콤한 맛에 엄마와 동생과 내가 푹 빠져 있을 때에도 아버지는 거칠게 갈린 얼음에 팥을 가득 얹은 옛날 빙수를 고집하셨다. 우유빙수는 달기만 하고 팥 맛이 안 나서 빙수 같지가 않다고 툴툴대시면서.

이쯤 되면 당연한 말이지만, 아버지가 가장 좋아하는 빵은 팥빵! 빵집에 가면 엄마는 카스텔라나 소보루, 아버지는 단팥빵이나 찹쌀떡이 고정 메뉴였다. 영어 이름으로 된 신메뉴들의 정체가 불분명해도 좌우지간 팥이 들어간 빵이면 오케이! 처음 보는 빵을 한 입 베어 물고 오물오물하다가 뱉는 첫마디는 "이야, 팥이 들어가 있네"였다. 팥 감별사라고 해도 아주 과언은 아니다. 어릴 적엔 그런 아버지를 볼 때마다 무슨 팥을 저리도 좋아하실까 싶었다. 열도 내려주고, 소화도 돕고, 당뇨에도 좋고, 비타민도 풍부하고… 몸에 좋다는 건 알겠는데 저렇게까지 좋아할 만큼 팥이 매력적인가, 하면서.

*

그런데 이를 어쩌나. 팥을 사랑하는 그는 나의 아버지요, 나는 아버지의 아들이니 언젠가 유전적 유사성이 드러나게 마련이다. 정신 차려보니 나도 팥이 들어간 간식을 찾아 먹고 있었다. 한 치의 오차 없이 아버지가 좋아하셨던 팥 바 아이스크림, 팥죽과 옛날 팥빙수, 그리고 단팥빵까지. 그야말로 팥 심은 데 팥 난 셈이다. 먹어보니 확실히 맛이 있다. 대놓고 달거나 자극적이지는 않은데, 자꾸 곱씹게 되는 맛이고 입안에 남아 은은한 여운을 남기는 맛이었다.

그래도 아직 아버지의 팥 사랑에 비하면 나는 겨우 팥과 썸을 타는 정도에 불과하다. 설탕이 전혀 들어가지 않은 팥 본연의 맛까지는 아직 받아들이기가 어렵다. 못 먹을 정도는 아닌데 굳이 찾아 먹고 싶은 마음은 들지 않는다. 팥죽을 먹으면 약간 쓴맛이 날 때도 있고 팥 향이 비릿하게 느껴질 때도 있다. 어쩌면 나는 아직 염불보다 잿밥에 더 관심이 많은 아둔한 중생이 아닐까. 어릴 땐 먹지 않던 팥을 좋아하게 됐다고 당당하게 말하지만 실은 팥이 아니라 설탕물에 은근히 스민 팥 향만 즐기는 게 아닐까. 그렇다 해도 딱히 문제 될 것은 없다. 애초에 어른 입맛에 끼고 싶지도 않았으니까.

매년 여름마다 그래 왔듯 올여름 더위도 만만치 않다. 올여름에도 아버지는 팥 바 아이스크림과 옛날 팥빙수를 찾으시겠지. 열대야가 심한 늦은 밤엔 시원한 우유와 단팥빵을 야식으로 드시겠지. 그런 아버지의 모습을 떠올리다 문득 십수 년 전의 여름날 풍경이 그리워졌다. 품이 큰 반바지에 목이 늘어난 티셔츠를 입고서 아버지와 나란히 앉아 TV를 보던 여름날. 선풍기 바람에 겨드랑이를 식히며 서로 다른 아이스크림을 먹고 있으면, 창밖으로 매미 우는 소리가 뜨겁던 여름날. 그

풍경 속에서 나이 든 부모는 젊었고, 젊은 자식들은 어렸다.

앞으로만 향하는 길 위에서 가끔 뒤를 돌아 멀어지는 과거를 응시하다 보면 괜히 또 부질없는 후회를 곱씹게 된다. 다시 돌아갈 수 있다면 아버지의 팥 바 아이스크림도 훨씬 더 맛있게 느껴질 텐데. TV 화면 대신 아버지의 얼굴을 몇 번 더 쳐다볼 텐데.

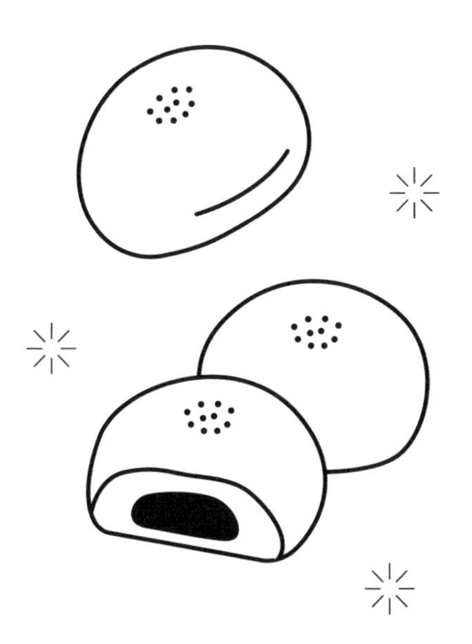

[곰장어]

× ○ × ○ × ○ × ○ × ○ × ○ ×

어른의 편식은 때로 신념이 된다

우리 부부는 부산 전포동에 산다. 무려 2017년에 '뉴욕타임스가 선정한 꼭 가봐야 할 명소'로 꼽힌 '전포 카페거리'의 그 전포동이다. 전포동 일대를 거닐며 뉴욕타임스를 떠올리는 사람은 거의 없지만….

전포동은 잘 몰라도 부산의 서면이라고 하면 외지인도 게슴츠레하던 눈이 동그래진다. 롯데백화점이 있고, 번화가엔 연중무휴 젊은이들이 모이고, 새벽녘까지 만취한 이들의 흥이 식지 않는 곳. 코로나19 사태가 장기화되면서 밤 10시 이후로는 한산하지만, 10시 즈음 골목으로 쏟아져 나오는 인파는 그것대로 진풍경을 이룬다. 서면 '쥬디스 태화'는 강남역 '뱅뱅사거리'에 맞먹는 미팅 포인트이기도 하다. 서면 일대를 집 앞마당처럼 드나들며 다이소와 돌솥비빔밥 가게나 들락거리는 우리 부부에게는 서면에 관한 수식도 모두 싱거운 말들이지만….

편식주의자인 내게 서면은 공포의 장소이기도 하다.

서면 쥬디스 태화 신관 뒷골목에는 '자갈치숯불꼼장어'라는 가게가 있다. 가게 입구 옆 야외에 2인 테이블 크기만 한 업소용 플라스틱 도마가 놓여 있는데, 항상 붉은 핏물이 자작하다. 주문이 들어오면 수조에서 곰장어를 건져내 도마 위로 옮기고, 서슬 퍼런 칼로 발버둥 치는 놈의 대가리를 가차 없이 내려찍은 뒤 껍질을 벗긴다. 나는 특별히 동물권 수호에 앞장서는 사람이 아닌데도 그 장면만큼은 똑바로 마주하기가 힘들다. 얼마나 많은 곰장어들이 희끄무레한 플라스틱 도마 위에서 죽어갔는지, 도마의 가장자리는 아예 핏물이 배어 연홍색이 됐다.

회는 안 먹어도 생선구이는 좋아하는데 장어류는 어쩐지 뱀을 먹는 것 같아서 손이 가질 않는다. 아나고 회는 당연히 먹지 않고 장어구이나 덮밥을 먹으면 자잘하게 씹히는 가시도 질색이다. 특히 곰장어는 더더욱 피하고 싶다. 서면 한복판 곰장어 가게 앞의 핏물 밴 도마도 도마지만, 껍질이 벗겨진 채 토막 난 곰장어가 석쇠 위에서 뒹구는 꼴을 보면 식욕이 싹 달아난다.

*

동물권이라는 단어가 나와서 말인데, 요즘은 그야말로 채식의 전성시대다. 과거에 일부 구도자 같은 이들, 혹은 건강을 이유로 굳은 결심을 한 이들이 채식을 행하던 것과는 양상이 다르다. 요즘의 채식은 동물권, 환경과 밀접한 관련이 있다. 어떤 이들은 자신만의 리추얼을 갖추기 위해, 어떤 이들은 호기심에 채식을 실천하기도 한다. 서면 길거리에서 대가리가 잘려 나가는 곰장어를 목격한 것처럼, 도살장에 끌려가는 소의 눈망울과 그 육중한 체구에서 솟구치는 선혈을 목격한다면 나도 소고기를 먹지 않게 될까? 잘 모르겠다. 아니, 솔직히 말해 그 끔찍함을 금세 잊고 고기를 구워 맛있게 먹을 것만 같다. 채식이 정말 인류가 지향해야 할 길이라면, 나는 아직 갈 길이 너무나 먼 인간이 분명하다.

김소영 작가는 저서《어린이라는 세계》에서 채식주의를 '어른의 편식'이라고 표현한다. 그러고 보니 틀린 말은 아니다. 편식이란 문자 그대로 '한쪽으로 치우친 식성'이 아닌가. 채식주의자의 식성을 편식이라고 부르지 못할 이유가 없다. 저자는 집에 손님이 오면 호의를 표시하기 위해서라도 고기반찬을 내었던 예전과 달리, 요즘은 먹지 않는 음식이 있는지 먼저 확인한다고 했다. 채식주의라는 편식을 실천하는 이들이 늘었기 때문이다. 편식이라는 단어가 지니는 부정적 어감이 혹여 그들의 신념에 누가 될까 걱정도 들었는데, 저자의 문장을 읽고 안심하며 고개를 끄덕였다. 마땅히 존중받을 만한 편식도 있는 법이다. 때로는 절대 어울리지 않을 것만 같은 단어의 조합이 뜻밖의 공감을 자아낸다. '존중'과 '편식'처럼.

*

삶에 질문을 던지는 순간, 문득 많은 것들이 심오해진다. 서른셋의 나를 스스로 어른이라고 여기며 살고 있지만 '어른이란 무엇인가?' 하고 물으면 선뜻 대답하기 어려워진다. '나이만 든다고 어른인가?' 그런 생각도 들고, 왠지 스스로를 어른이라고 인정하기엔 염치없는 것 같기도 하다. 같은 맥락에서 스스로를 편식주의자라고 여기며 산다 해도 막상 '편식이란 무엇인가?'라는 물음에는 선뜻 대답하기가 어렵다. 한때는 '철딱서니 없는 식성' 정도면 충분했는데, 살다 보니 '사회인의 콤플렉스'가 되기도 했고, 비난받을 이유가 하등 없는 '저마다의 취향'이 아닐까 하는 생각에 이르렀다. 특히나 채식주의처럼 신념이 깃든 편식까지 마주하고 나면 '도대체 나는 편식이 무엇인 줄 알기나 하고 편식주의자를 자처한 걸까?'라고 성찰하게 된다.

잔혹성 때문에 곰장어를 먹지 못한다고 말하면서 소

나 돼지고기는 즐겨 먹는 태도의 모순성을 잘 알고 있다. 막연하게나마 사육 환경과 도축 현장의 잔혹성을 인지하고 있고 육식이 환경에 미치는 악영향도 아주 모르는 것은 아니다. 그런데도 나는 육식을 저버릴 수가 없다. 인류 역사의 무수한 장면을 장식해 온 육식을, 일가족의 행복한 순간에 밴 풍성한 고기반찬의 냄새를, 없는 살림에 손님 대접을 위해 끓인 고깃국의 인심을, 육식으로 꾸려온 그 많은 삶을 단박에 부정할 용기가 부족한 탓이다. 게다가 나의 지독히 편협한 식성은 이미 육식의 맛에 길들여졌다. 물론 그것이 채식을 실천하지 못할 절대적 이유는 될 수 없겠지. 채식주의자 중에는 한때 육식을 즐겼던 이들도 있을 테니까. 그런 생각을 곱씹다 보면 채식주의자의 담대한 용기와 결연한 의지는 존중을 넘어 존경스럽기까지 하다.

결국 채식주의자가 되지 못한 나 같은 인간이 지켜야 할 도리란, 채식주의자를 존중하는 일이다. 취향으로서,

또는 신념으로서의 채식주의를 조롱하거나 유별나다고 쏘아붙이지 않고 그들의 식성을 있는 그대로 응원하는 일. 채식주의자가 많아진다고 육식의 영역이 줄어들까 봐 전전긍긍하는 대신, 건강하고 유익한 육식의 방법을 고민해 보는 일. 김소영 작가가 고기반찬을 준비하기 전에 손님에게 먹지 않는 음식을 확인하는 것처럼, 나에게 맛있으니 너도 먹어보란 식으로 채식주의자에게 함부로 고기를 들이밀지 않는 일. 겨우 그 정도의 일들.

나는 곰장어를 먹지 않지만, 친구들과 곰장어 가게에 가긴 한다. 그럴 땐 먹을 수 있는 다른 메뉴를 주문하거나, 곰장어와 함께 볶은 채소를 먹는다. 그런 상황이 불편하거나 딱히 서럽지는 않다. 각자의 취향을 즐기는 것뿐이다. 서로를 존중하면 취향이 달라도 함께 즐거울 수 있다. 참으로 조심스럽게, 신념도 그렇지 않을까 하는 생각해 본다. 서로를 존중하면 신념이 달라도 함께 뿌듯할 수 있지 않을까, 하는 생각을.

[홍어]

× ○ × ○ × ○ × ○ × ○ × ○ ×

취향은 주어진 것이 아니라 선택하는 것

공군 병장이었을 때의 일이다. 공군이긴 해도 산꼭대기 포대에서 복무했기 때문에 전투기를 볼 일은 없었다. 경계근무 때 하늘을 유유히 가로지르는 여객기를 보는 게 전부였다. 산세가 꽤 험해서 연병장도 따로 없었는데, 감사하게도 제대하기 전에 신축 체육관이 완공되어 시간이 날 때마다 쾌적하게 운동할 수 있었다. 체육관은 각종 교육 장소 또는 부대 전체 행사 공간으로 활용되기도 했다. 포대장의 지시로 병사와 간부가 함께하는 체육대회를 열 때는 풋살, 농구, 배구, 줄넘기 등등의 모든 종목을 체육관에서 해결했다. 산 밑에서 공수해 온 갖가지 먹을거리와 술도 체육관에 모여 먹고 마셨다. 치킨과 피자와 수육과 과일, 그리고 스티로폼 박스 안에 고이 모셔온 홍어회까지.

그제야 알게 된 사실인데, 포대장께서는 전라도 출신이었다. 딴에는 경상도에서 복무하며 고향의 맛이 그리우셨나 보다. "이게 진짜 흑산도 홍어거든!"이라며 어찌나 뿌듯한 표정을 지으시던지. 그렇게 귀한 홍어는 오롯이 간부들의 몫이었다. 나야 어차피 홍어회를 안 먹으니 아쉬울 것 없었지만, 좀 치사하다는 생각이 들긴 했다. 군대에선 그게 당연한 일이었는데 이제 와 생각해 보면 어떤 당연함은 참으로 치사하다.

스티로폼 박스를 열고 꽁꽁 싸맨 비닐을 채 벗기기도 전에, 삭은 홍어의 시큼한 냄새가 코를 찔렀다. 하마터면 나는 포대장의 뿌듯한 얼굴을 앞에 두고 비속어를 내뱉을 뻔했다. 그러거나 말거나 간부들은 홍어회를 한 점씩 입에 넣고서 콧등을 찡긋대며 음미했는데, 지금도 그 장면을 떠올리면 미식(美食)이란 참으로 어렵고도 멀다는 생각을 하게 된다. 나는 홍어회와 최대한 멀리 떨어져서 수육과 치킨을 먹었다. 그러다 스치는 결에 언뜻 보니 몇몇 병사들이 간부 사이에 섞여 홍어회를 먹는 게 아닌가. '오, 그래도 아주 치사하진 않은데?' 생각하려는 찰나, 광대 가득 술기운이 오른 포대장이 외쳤다. "전라도 출신 병사 있나? 홍어 앞으로 집합!" 그럼 그렇지. 치사하다, 치사해.

*

그날 이후로 막연히 '전라도 사람은 홍어회를 좋아할 것이다'라고 생각하게 됐다. 물론 그다지 논리적이지 않은 생각이다. 그럴 수도 있지만, 아닐 수도 있으니까. 실제로 대학 동기 중 한 살 형인 K는 순천 출신인데 홍어회를 좋아하지 않는다. 특히 "니 전라도에서 왔으믄 홍어 잘 묵겠네? 홍어 무러 갈래?"라는 부산 사람의 오해가 홍어회보다 더 지긋지긋하다고 했다. 부산에서 13년을 살고도 회를 먹지 못하는 나 또한 그 심정을 십분 이해할 수 있다. 누군가가 나에게 "너는 왜 부산에 살면서 회를 못 먹냐?"라고 타박할 때마다 "그게 뭔 상관입니까?"라고 따져 묻고 싶을 때가 여러 번이었으니까.

우리는 버릇처럼 사는 지역이나 성별, 외모 따위를

통해 누군가의 취향과 성격을 미루어 짐작한다. '전라도는 홍어, 부산은 회'라고 당연히 생각하거나, 나처럼 우락부락한 외모를 두고 흔히들 '돌도 씹어 먹을 것 같다'라고 평한다. "글을 쓰는 작가입니다"라는 자기소개에 "어머! 직업군인인 줄 알았어요!"라는 말도 자주 들었다.

그런 짐작에는 나름대로 축적된 문화적, 확률적 근거가 있긴 하다. 지역 특산물은 당연히 그 지역 사람들에게 더 익숙할 확률이 높다. 직업적 특성상 '군인' 하면 떠오르는 늠름하고 딴딴한 모습이 있긴 하다. 미디어를 통해 지속적으로 재생산되는 이미지도 한몫했을 것이다. 영화 〈범죄와의 전쟁 : 나쁜 놈들의 전성시대〉 속 비리 세관 공무원인 최익현의 명대사 "마! 느그 서장 남천동 살제? 으이!?"는 부산의 왜곡된 의리를 상징하는 클리셰가 됐다. 나는 실제로 남천동에서 2년 정도 살았는데, 그 누구도 최익현처럼 의리를 확인하려 들지 않았다. 설령 누군가가 그렇게 행동한다 해도 그가 부산 출신이기 때문만은 아니다. '서울 사람은 깍쟁이'라는 말이 황당한 것처럼 '부산 사람은 의리파'라는 말도 황당하다.

*

외모가 어떻든 편식주의자인 나는 당연히 돌도 씹어 먹지 않고 홍어회도 먹지 않는다. 혹여 성형수술로 외모가 달라지더라도 마찬가지일 것이다. 취향이란 지나온 삶의 결과물이자 앞으로의 삶에 수반되는 선택의 과정이다. 취향이란 내가 선택하지 않은 환경이나 성별 때문에 고착되는 것이 아니라, 온전히 나의 선택으로 만들어가는 이야기에 가깝다.

어쩌면 수년 또는 수십 년 뒤에 내가 홍어회 삼합을 맛있게 먹을 수 있을지도 모른다. 매우 희박한 확률이지만 어떤 계기로 홍어회의 매력을 알게 된다면… 정말 그런 일이 벌어진다면…. 물론 지금 마음 같아선 그런 일은 벌어지지 않을 것 같고, 않았으면 좋겠다. 내가 바라는 나의 모습이란 돌도 씹어 먹을 듯한 하관으로 편식을 일삼는 남자, 근육질의 팔뚝으로 섬세한 문장을 쓰는 작가이다. 내가 그러길 바란다면 미래에 그렇게 될 확률이 높다. 취향은 주어진 것이 아니라 선택하는 것이니까.

[요구르트]

× ○ × ○ × ○ × ○ × ○ × ○ ×

얼마만큼 단호할 수 있을까

돌이켜 보면 대학 졸업 이후의 내 밥벌이는 모두 청자나 독자를 염두에 둔 일이었다. 라디오 작가와 학원 강사는 청자에게 말을 건네는 일이었고, 이런저런 글을 기고하고 책을 내는 건 독자에게 글을 건네는 일이다. 말이든 글이든, 내 생각을 활자로 드러내려면 종종 단호하고 분명해야 했다. 수능 국어 문제의 '맞고 틀림'을 단호하게 구별해 말할 수 있어야 했고, 아무리 가벼운 글이라도 모호한 태도로 '실은 저도 잘 모른답니다, 헤헤' 하는 메시지를 담아서는 안 됐다. 모르는 걸 모른다고 말하는 솔직함과 제대로 알아보려 노력하지 않는 무책임함은 서로 닮은 듯해도 분명 다르다. 솔직하되 무책임하지 않으려 애쓰긴 하는데, 살아갈수록 쉽지 않다.

그런데 하필이면 편식을 주제로 에세이를 쓰게 되다니, 이거야말로 단호하지 않고서는 쓸 수 없는 글이지 않은가. "저는 이 음식을 먹지 않습니다! 싫단 말입니다!" 하는 단호함 없이는 에피소드의 소재를 고르는 것부터가 난관이다. 이건 내가 싫어하는 음식인데, 먹으라면 또 먹기는 하고, 이걸 편식이라고 할 수 있나 싶은데, 아니라기엔 음식을 가리는 것도 같고, 지금은 못 먹지만 언젠간 먹게 될지도 모르는데…. 이런 태도로는 한 편도 제대로 써낼 수가 없다. 그 덕에 원고를 쓰면서 나의 편식이 더 단호하고 분명해진 기분이다. 이건 불행 중 다행일까, 다행 중 불행일까.

그런 이유로 책을 집필하는 과정에서 나는 꽤 단호하게 소재를 고르고 에피소드를 구성했다. 웬만해선 큰 어려움이 없었는데 요구르트만큼은 고민이 많았다. 규범 표기에 따르면 '요구르트', 실제로 카페 메뉴나 제품명에서 자주 접하는 단어로는 '요거트'인 그 음식. (Yogurt는 어떻게 들어도 '요거트'에 가까운데 왜 표기법은 일본식 발음인 '요구르트'인지….) 나는 요구르트는 안 먹지만 야쿠르트는 잘 먹는다. 요구르트가 묻은 뚜껑을 그대로 내다 버려도 아쉽지 않을 만큼 싫어하지만, 잘 만든 '그릭요거트'에 꿀과 견과류를 섞어 먹는 건 좋아한다. 상황이 이러한데 요구르트를 편식하는 음식의 범주에 넣어도 되는 걸까. 나는 얼마만큼 단호할 수 있을까. 이도 저도 아닌 태도로 '잘 모르겠어요' 하게 되는 건 아닐까.

*

그럼에도 요구르트를 소재로 이렇게 글을 쓰게 된 데에는 나름의 이유가 있다. 우선 요구르트와 야쿠르트는 다른 음식이라는 사실. 요구르트는 음식 Yogurt를 뜻하는 보통명사이고, 야쿠르트는 '한국 야쿠르트'에서 판매하는 제품명이다. 되직하고 희멀건 요구르트와 묽고 노란빛이 도는 야쿠르트는 외양뿐만 아니라 실제 제조 방법도 서로 다르다. 요구르트가 우유를 발효시켜 얻은 음식인 데 반해 야쿠르트는 설탕물과 탈지분유를 섞어 발효시킨 음료다. 엄연히 따지면 야쿠르트는 요구르트보다는 '쿨피스' 같은 음료에 더 가깝다. (찾아보니 쿨피스에도 탈지분유가 들어간다!) 심지어 어릴 적에 자주 불렀던 "요구르트 아줌마 요구르트 주세요. 요구르트 없으면 야쿠르트 주세요"라는 노래에서도 둘을 확실히 구분하고 있다. 따라서 야쿠르트를 마신다는 사실이 요구르트를 먹지 않는 사실과 양립하지 못할 이유는 없다.

*

그럼 그릭요거트를 잘 먹는 행태는 어떻게 설명할 것인가. 먼저 내가 요구르트를 안 먹는 이유를 정확히 짚어볼 필요가 있다. 나의 아내를 포함해 요구르트를 좋아하는 이들에게는 미안하지만, 나는 요구르트 특유의 향을 맡을 때마다 어린 아기 또는 작은 새의 토사물이 연상된다. 명확한 계기도 없이 아주 직관적으로, 처음 요구르트 향을 맡은 그 순간부터, 마치 무조건 반사처럼 퍼뜩 그런 이미지가 떠올랐다. 거부하거나 부정할 겨를도 없었다. 이건 정말 내 탓이 아니라는 생각이 들 정도였다. 그런 이유로 나는 요구르트를 먹지 않는다.

그럼 이제 내가 그릭요거트를 좋아하는 이유를 설명하기도 쉬워진다. 잘 만든 그릭요거트에선 토사물을 연상시키는 향이 나지 않는다. 하얀 자태에 마치 리코타 치즈를 닮은 식감, 시큼하지 않고 산뜻한 향취, 꿀과 견과류에 잘 어울리는 담백한 맛까지. 그냥 요구르트가 어린 아기나 작은 새의 토사물이라면 그릭요거트는 그 어떤… '아기 천사의 간식' 같달까. (아내가 이 문장을 읽고 비웃었다.) 요구르트라는 대분류에 속하는 음식인데도 그릭요거트를 예찬할 만큼 좋아하는 건 바로 이런 이유에서다.

생각을 이쯤 정리하고 나니 요구르트에 대해 꽤 단호해도 되겠다는 자신감이 생겼다. "자, 야쿠르트는 요구르트와 다른 음식이고, 그릭요거트는 아기 천사의 간식입니다." 그럼 이런 말도 분명하게 해볼 수 있다. "저는 요구르트를 좋아하지 않고, 먹지도 않습니다." 이 얼마나 단호하고 분명한 취향 표명인가.

*

그런데 참 이상하다. 요구르트는 어린 아기의 토사물이 떠오른다며 싫어하면서, 정작 진짜 어린 아기의 토사물에 대해선 관대하다. 이 무슨 아이러니인지. 내게는 여덟 살 터울의 남동생이 있다. 적은 나이 차이는 아니지만 그렇다고 “제가 동생을 업어 키웠습니다, 하핫” 하고 생색낼 만큼의 나이 차이는 또 아니다. 문자 그대로 동생을 업어 키우고, 먹이고, 재우고, 기른 건 부모님의 몫이었으니까.

그래도 초등학생이었던 내게 늦둥이 동생은 분명 사랑스러운 존재였다. 이토록 비위 약한 내가 동생의 똥오줌 기저귀를 갈고, 콧물을 맨손으로 훔치고, 아기 입 냄새가 좋다며 코를 박았을 정도로 동생을 예뻐했다. 식후에 트림을 제대로 하지 못해서 분유를 게워내도 역

겹다거나 당황스럽다기보다 걱정이 앞섰다. 그랬던 동생이 지금은 나보다도 훨씬 덩치가 큰 성인 남성이 되었다는 사실이 오히려 더 당황스러운 일이다.

최근 5년간은 조카들의 성장기를 가까이에서 지켜보며 새삼 그때의 감정을 느꼈다. 아내와 쌍둥이인 처제는 스물일곱에 결혼한 뒤 이듬해에 첫째 딸 봄이를 낳고, 2년 뒤에 둘째 아들 토리를 낳았다. 그 덕에 나는 주말마다 아기들을 가까이에서 안고 보듬는 행운을 누릴 수 있었다. 이모부로서 조카들의 기저귀를 갈고, 콧물을 맨손으로 훔치고, 입 냄새가 좋다며 코를 박고, 게워낸 음식물을 재빠르게 닦은 뒤 몸을 추슬러 주었다. 비위가 상해서 못 하겠다고 생각한 적은 없었다. 겨우 요구르트 냄새에 헛구역질이 날 만큼 괴로워하던 내가 말이다.

*

식성은 취향의 차원이지만 사랑은 취향만으로 설명할

수 있는 감정이 아니다. 요구르트의 향은 단호하게 싫다고 말할 수 있을지 몰라도 어린 아기의 이러저러한 상황에 대해선 그럴 수가 없다. 특히 그 아기가 나의 사랑하는 가족이라면 더더욱 그렇다. 똥오줌인지 콧물인지 토사물인지는 중요하지 않다. 아기가 건강하고 행복하게 잘 자랄 수 있다면 그깟 것들이 뭔 상관이겠는가. 동생과 나를 길러낸 나의 엄마와 두 아이의 엄마인 처제의 노고를 생각하면, 부모의 사랑에 비해 나의 편식은 얼마나 치졸하고 유치한가 반성하게 된다. 물론 모든 반성이 변화로 이어지진 않는다. 진정으로 반성하면서도 편식을 주제로 이런 글을 쓰고 있으니.

어제도 조카들과 놀이터에서 뛰어놀았다. 이제는 훌쩍 커버린 여섯 살, 네 살 조카들을 바라보며 종종 이런 생각을 한다. 사는 동안 마주칠 수많은 모호함과 불확실함 앞에서 나는 얼마만큼 단호할 수 있을까, 얼마만큼 분명할 수 있을까.

[편육]

× ○ × ○ × ○ × ○ × ○ × ○ ×

머리는 사양하겠습니다

어릴 땐 이상하지 않았는데, 성인이 되어 다시 보면 이상한 애니메이션이나 전래동화가 있다. 〈날아라 호빵맨〉을 예로 들어보자. ('호빵맨'이라는 타이틀과는 달리 실제로는 '단팥빵맨'이긴 하지만.) 둥그스름한 생김새만큼이나 성격이 좋은 호빵맨은 종종 지친 이들에게 제 머리를 떼어준다. 단팥 앙금이 훤히 드러나는 머리 일부를 떼어주면 호빵맨의 기력이 약해진다. 그럴 땐 어디선가 잼 아저씨가 나타나 새로 구운 호빵맨의 머리를 냅다 던진다. 짠, 하고 웃는 낯의 새 머리로 교체된 호빵맨이 기력을 되찾아 세균맨 일당을 소탕하면서 에피소드가 마무리되는 식이다.

제 피와 살을, 아니지, 단팥 앙금과 빵을 떼어주는 그 희생정신이 참으로 대단하긴 하다. 어릴 땐 호빵맨이 떼어주는 머리를 먹어보고 싶었는데, 이제 누군가의 측두엽을 떼어 먹고 싶지는 않다. 호빵맨의 문제라기보단 내 동심의 문제겠지만 아무리 생각해도 누군가가 떼어주는 머리 같은 건 먹고 싶지 않다. 아니, 사정이 어떻든 간에 무엇인가의 머리를 먹고 싶지는 않다. 그런 점에선 돼지머리를 삶고 눌러 만든 머리고기 편육도 마찬가지다.

*

편육을 처음 먹어본 날을 정확히 기억하진 못한다. 아마도 부모님을 따라간 어느 행사 자리였거나 친척의 장례식장이지 않았을까. 요즘은 장례식장에서도 훈기 품은 수육을 내지만 10여 년 전까지만 해도 차가운 편육이 대중적이었다. 보관도 쉽고, 따로 데울 필요 없이 바로바로 낼 수 있기 때문이다. 살코기와 비계로 이뤄진 수육과 달리 편육에는 껍질, 연골 등이 섞여 있어 식감이 부드러우면서도 오독오독하다. 차게 식은 고기 특유의 누린내가 날 때도 있는데, 쌈장에 푹 찍어 양파나 마늘과 함께 먹으면 딱히 신경 쓰일 정도는 아니다. 편육을 먹으면서도 나는 '어차피 돼지고기를 삶은 것 아닌가?' 정도로만 생각했다. 그게 돼지머리를 삶아 누른 것일 줄이야.

편육이 '돼지머리고기'라는 사실을 대학생이 되고서야 알게 되었다. 어떻게 그걸 20년 동안이나 모를 수가 있냐고 따져 물어도 딱히 그럴듯한 이유는 없다. 뭣 모르고 먹어보니 먹을 만했고, 편육의 정체를 알고 싶은 마음도 없었다. 때로는 무지와 무관심이 약이 될 때가 있는 법인데….

대학 신입생 때 가입한 축구 동아리에선 매년 졸업생 선배들과의 자리를 갖는 OB & YB 행사가 있었다. 돈은 졸업생 선배들이 대고, 행사 준비는 재학생 후배들이 하는 식이었다. 사실 축구 경기보다 뒤풀이가 더 중요한 행사여서 경기 직후에 둘러앉아 먹고 마실 안주와 술을 미리 준비해야 했다. 하필이면 직접 학교 앞 정육점에 미리 주문해 둔 편육을 받으러 갔는데, 그때 주인 아주머니가 머리고기의 진실을 낱낱이 알려줬다. (다소 징그러울 수 있으니 심호흡 후후—) 눈알과 이빨, 혀와 잔털을 제거한 돼지머리를 육수에 담가 푹 삶는다고. 돼지머리가 흐물흐물해지면 뼈를 발라내고 살코기와 껍질과 연골 따위를 보자기로 싼다고. 그대로 틀에 넣은 뒤 누름돌로 눌러 열 시간 가까이 식힌다고. 편육이 값은 저렴해도 공이 많이 드는 음식이니까 맛있게 먹으라고. 아아, 아주머니 저에겐 너무 TMI인 걸요. 묻지도 않은 걸 알려주신 덕분에 20년 동안 잘 먹던 편육을 끊었답니다.

*

내가 편육을 먹지 않는 건 살코기를 제외한 내장류를 먹지 않는 것과 비슷한 맥락이면서도 조금은 다르다. 우선 나의 약한 비위가 편육의 조리법을 견디지 못하기도 하거니와 내장이나 특수부위가 아니라 머리라면 왠지 더 신중해진다. 머리에는 눈과 코와 귀와 입이 있고 이성과 감정의 총체를 담당하는 뇌가 있다. 편육을 먹는 일이 곧 돼지의 뇌를 먹는 일은 당연히 아니다. 하지만 뭐랄까, 다른 부위는 몰라도 머리만은 있는 그대로 두는 편이 좋을 것만 같다. 돼지머리를 삶거나 으깨거나 자르지 않고, 고사상에도 올리지 말고, 그냥 온전히 죽음을 받아들일 수 있도록 놔두고 싶다. 그렇다고 편육을 즐기는 이들이 무슨 불순한 의도를 지녔을 리는 없다. 그러니까 이건 '옳고 그름'의 문제가 아니다. 다만 나는 그러고 싶다는 말이다. 개똥철학이나 모순적인 윤리 의식이라고 해도 어쩔 수 없다. 적어도 머리만은 그대로 뒀으면 좋겠다.

다시 호빵맨 이야기로 돌아가자. 호빵맨의 동료들도 모두 빵이다. 식빵맨, 카레빵맨, 메론빵소녀 등등. 내 기억이 정확하다면 그중에서 제 머리를 떼어주거나 머리가 교체되는 건 호빵맨뿐이었다. 새 머리로 교체되면서 떨어져 나간 호빵맨 머리는 어떻게 됐을까. 그냥 버려졌을까 아니면 누가 주워다 먹었을까. 어차피 만화 속 주인공은 승리할 테니까, 새 머리로 교체된 호빵맨의 행보는 별로 궁금하지 않다. 동심이 고갈된 나 같은 아저씨는 소식 없이 버려진 머리들이 더 궁금하다. 만약 누군가 한 귀퉁이가 떼인 호빵맨의 머리를 들고 와 내게 먹어보라 권한다면, 나는 정중히 사양할 것이다. 적어도 머리만은 그대로 두고 싶으니까. 이 세계가 아니라 만화 속에서라도.

[순대]

× ○ × ○ × ○ × ○ × ○ × ○ ×

'순대 모양 순대'와 '사람 모양 사람'

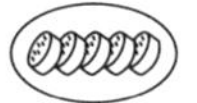

가끔 너도나도 '원조' 타이틀을 내건 간판들이 한 골목에 줄지어 있을 때, 좀 의아한 생각이 든다. '진짜'가 있으면 '가짜'도 있고 '원조'가 있으면 '아류'도 생겨나는 법인데. 백번 양보하더라도 모두가 원조인 마당에 '원조'라는 타이틀이 무슨 의미 있을까.

종종 대수롭지 않은 음식인데도 원조라는 이유만으로 음식점 입구부터 길게 줄이 이어지기도 한다. 그건 사람들이 무지몽매해서가 아니라 '음식의 맛'이 매우 복합적인 감각이기 때문이다. 흔히 맛을 미각이라고는 하나 후각과는 떼려야 뗄 수가 없다. 보기 좋은 떡이 먹기도 좋다 했으니 시각적인 먹음직스러움도 중요하고 식감이나 온도, 심지어는 음식을 씹을 때의 소리까지 모두 맛에 관여한다. 그야말로 맛이란 오감의 총체인 셈인데, 여기에 더해 원조에 대한 환상과 군침 삼키며 기다리는 시간까지 맛에 영향을 미친다면…. 아마 원조 간판을 단 음식점의 메뉴에는 식자재와 조리법만으로는 따라잡을 수 없는 '원조'라는 조미료가 더해질 것이다.

*

몇 십 년 전통, 대한민국 최초, 진짜 원조, 그 어떤 타이틀이건 어차피 나는 순대를 '거의' 먹지 않는다. 순대는 깨끗이 손질한 돼지 소창에 갖가지 재료와 선지로 속을 채워 익힌 음식이다. 그러니 내장이라면 질색하는 내가 순대를 즐겨 먹을 리 없다. 특히 '원조'라는 타이틀을 내세우는 음식점에서는 더더욱 먹고 싶지 않다. 그런 순대일수록 주머니(?!)로 사용하는 내장이 다양하고, 속을 채우는 재료에도 나로서는 난감한 정성이 더해지기 때문이다. 예를 들어 함경도 방식의 아바이 순대는 소창이 아닌 대창에 속을 채우고, 지명도가 높은 병천순대는 갖은 속재료와 더불어 돼지 선지가 많이 들어가 색이 짙고 향이 강하다. 심지어 전주의 피순대는 이름에서 '피'를 천명한 것처럼, 약간의 부재료가 섞인 선지로

만 속을 채운다. 다들 왜 그렇게 순대에 진심이신 건지.

그런데 딱 잘라 "나는 순대를 먹지 않는다"라고 말하지 않고, '거의' 먹지 않는다고 말한 데에는 나름의 이유가 있다. 나도 먹을 줄 아는 순대가 있기 때문이다. 바로 분식점에서 파는 1인분에 3천 원짜리 찹쌀 순대. 이름은 찹쌀 순대인데 실상은 당면만 가득한 순대. 분식집 사장님이 면장갑에 비닐장갑을 겹쳐 낀 손으로 김 폴폴 나는 찜통에서 꺼내 어슷어슷 썰어주시는 바로 그 순대. 당연히 허파나 간 같은 내장은 먹지 않는다. 사장님에게 "순대만 주세요"라고 말씀드리면 "왜 비싸고 맛있는 내장은 안 먹고 순대만 먹어요?"라면서 인심 쓰듯 순대를 몇 개 더 담아주시곤 한다. 그건 그것대로 좋은 일이다.

분식점 순대를 아주 좋아하는 건 아닌데 먹을 땐 그럭저럭 맛있게 먹는다. 주로 쌈장이나 후추 섞은 소금에 살짝 찍어 먹고, 입안이 텁텁하다 싶으면 생양파로

입가심을 한다. 매콤한 떡볶이 국물에 찍어 먹어도 맛있다. 먹다 남은 순대는 냉장고에 보관했다가 양파, 대파, 마늘을 썰어 프라이팬에 넣고 소금, 후추, 참기름을 더해 백순대 볶음을 만들어 먹는다. 글을 쓰면서 침이 고이는 걸 보니, 생각보다 분식점 순대를 더 좋아했나 싶기도 하고.

*

이쯤에서 왜 분식점 순대를 먹느냐고 묻는다면, 편육 때와 비슷한 변명을 해야겠다. 어릴 적에 어른들을 따라 멋모르고 먹었는데 맛이 괜찮았다. 얇은 비닐 주머니에 당면이 가득 채워진 모양새가 통통한 소시지와 비슷해 보이기도 했다. '고기가 들어가면 소시지, 당면이 들어가면 순대' 그 정도로 이해했던 것이다. 그러다 나와 여덟 살 터울인 막내 외삼촌이 "빈아. 순대가 돼지 똥 나오는 창자에다가 돼지 피랑 당면이랑 넣어서 만드는 거 아냐?"라는 짓궂은 소릴 해대는 바람에 몇 년 동안 순대를 입에 대지 않았다. 그땐 정말 순대를 쳐다만 봐도 비위가 상했다. 그런 음식을 먹지 않게 해줘서 고맙다가도, 잘 먹던 순대를 먹지 못하게 만든 막내 외삼촌이 미울 때도 많았다.

그러다 고등학생이 되어서야 다시 분식점 순대를 먹을 수 있게 됐다. 값싼 순대는 실제 돼지 소창이 아니라 '콜라겐 케이싱'이라는 식용 콜라겐 주머니를 쓰고(한때 '식용 비닐'이라는 루머가 돌기도 했다) 돼지 선지도 넣지 않는다는 걸 알게 됐기 때문이다. 그럼 이거야말로 인스턴트 소시지나 다름없는 것 아닌가! 20대 청년이 된 막내 외삼촌 앞에서 나는 자신만만하게 분식점 순대를 먹었다. 이 순대는 그렇게 만드는 게 아니라면서. 돼지 창자도, 돼지 피도 들어가지 않는다면서.

물론 모든 분식점 순대가 콜라겐 케이싱으로 만들어진 것은 아니다. 만약 껍질 표면이 매끄럽지 않거나 허연 장간막이 붙어 있으면 실제 돼지 소창으로 만든 것일 확률이 높다. 그래서 나는 소시지처럼 표면이 매끄러운 순대만 먹는다. 간혹 별생각 없이 순대를 다 먹고 나서 '아, 돼지 소창으로 만든 순대였구나!'라고 깨달을 때도 있다. 그럴 땐… 뭐 어쩌겠어, 이미 먹어버렸는데. 좀 찝찝하긴 해도 그렇게 생각하고 넘긴다. 혹시 맛있게 먹는 도중에 눈치챘다면… 아무래도 젓가락을 내려놔야겠지.

한국전쟁 이후 당면 제조공장에서 자연 건조 중 떨어진 부스러기를 처리하기 위해 순대 속 재료로 활용한 것이 분식점 순대의 시초라고 한다. 그 전까지 순대는 만드는 데 손이 많이 가고, 속재료로 고기와 채소 등이 아낌없이 들어가는 꽤 귀한 음식이었다. 그런데 당면 부스러기로 속을 채우기 시작하면서 값싼 분식 메뉴에도 이름을 올리게 된 것이다. 그 덕에 나도 순대라는 걸 먹을 수 있게 됐다. 사정이 이러하니 그나마도 돼지 소창이 아닌 콜라겐 케이싱을 사용한 순대는 모양만 흉내 낸 '순대 모양 순대'라고 불러야 마땅하겠다.

*

'순대 모양 순대' 하니까 생각나는 이야기가 있다. 10년 전, 제대 직후에 나이키 매장에서 잠깐 일을 했다. 경제관념이 부족했던 탓에 180만 원쯤이던 월급을 나이키 제품을 사느라 고스란히 매장에 가져다 바쳤다. 부모님과 동생, 당시 여자친구였던 아내의 신발은 물론이고 내 티셔츠와 바지와 축구화까지….

당시 아내에게 나이키 운동화 루나 이클립스+2를 선물했었다. 아내는 학창시절에 브랜드 신발에 관심도 없었고 그저 부모님이 사주시는 신발을 불평불만 없이 신는 학생이었다. 주로 특정 브랜드 매장이 아닌 '신발 가게'라는 정직한 간판을 단 가게에서 파는 신발을 신었는데, 뭘 모르던 어릴 때에도 발이 불편하고 만듦새가 허술한 것이 보였단다. 새 신발을 신은 아내는 이제야 신발다운 신발을 신은 기분이 든다면서, 그 전까지 신었던 건 '신발 모양 신발'이었다고 말했다. 그때의 경험 이후로 아내와 나는 '모양만 흉내 내고 구실은 갖추지 못한 것'을 이를 때 '○○ 모양 ○○'이라는 표현을 쓴다. 우리는 서로 '사랑 모양 사랑'은 하지 말자고, '사람 모양 사람'은 되지 말자고 자주 다짐한다.

그런데 이를 어쩌나. 나는 순대다운 순대는 먹지 못하고 '순대 모양 순대'만 먹고 있으니. 내가 먹는 순대는 당연히 '원조'도 아니고, 소창이나 돼지 선지도 없으니 따지고 보면 '진짜'라고 보기도 어렵다. 가짜 또는 아류에 속한다. 하지만 나는 小자에 1만 원을 훌쩍 넘는 피순대보다 1인분에 3천 원짜리 분식점 순대가 더 좋다. 떡볶이와 순대가 담긴 검은 비닐 봉투를 달랑달랑 들고서 집으로 향하는 길도 좋다. 이건 내가 편식주의자여서가 아니다. 나처럼 편식이 심하지 않은 누군가도 원조 피순대보다 집에서 가까운 분식점 순대를 더 좋아할 수 있다. 개인의 사소하고 편협한 취향은 때때로 원조의 명성에 굴하지 않으니까. 세상 사람들이 뭐라고 하건 자기 좋을 대로의 취향을 추구하는 것이다. "그건 진짜 순대라고 보기 어렵지!"라는 말을 듣고도 나는 개의치 않고 분식점 순대를 맛있게 먹을 것이다. '순대 모양 순대'를 먹어도 '사람 모양 사람'만 되지 않으면 그만 아닌가.

[홍시]

× ○ × ○ × ○ × ○ × ○ × ○ ×

홍시의 참맛을 알려준 사람

감은 특유의 떫은맛 때문에 호불호가 갈리는 과일 중 하나다. 사과나 배, 수박이나 포도처럼 아주 대중적인 느낌은 아니다. 뭔가 어른스럽기도 하고 왠지 고급스럽기도 하다. 그러고 보니 마트에서 사과 주스, 포도 주스는 팔면서 '감 주스'는 왜 팔지 않는 걸까? 카페에서도 감으로 만든 디저트는 찾아보기 힘들다. 떫은맛만 해결하면 꽤 맛있을 텐데.

덜 익어서 딱딱하고 떫기만 한 감은 누구든 먹기 싫겠지만, 나는 너무 무르익어서 흐물흐물해진 홍시도 먹고 싶지 않다. 껍질을 벗겨 말린 곶감도 별로다. 약간 아삭한 듯하면서도 수분을 가득 머금어 속이 부드러운 감, 떫은맛 없이 과즙 가득 단맛만 품은 감이 좋다. 적확하게 표현하자면 '적당히 익은 감'인데, 사실 '적당히'라는 부사 자체가 모호하다. 모호하면서도 적확한 경계라는 게 가능한가? 언어로 표현하긴 어려워도 감각적으로는 충분히 가능하다. 첫입을 베어 물자마자 예

리하고도 분명한 느낌이 입안을 스친다. '아, 이건 정말 맛있는 감이다!'

홍시를 싫어하는데도, 홍시 맛에 감탄한 적이 딱 한 번 있다. 감탄이라는 말로도 부족하다. 그때의 감동은 감히 원효대사의 해골 물에 견주어도 될 것 같다. "와…"라는 감탄이 날숨마다 새어 나오고 찔끔, 눈물이 날 정도였으니까.

*

2011년 11월에 대뜸 무전여행을 떠났다. 김해 연지공원에서 출발해 부산과 울산, 경주, 포항을 거쳐 서울, 춘천, 정동진을 찍고 돌아오는 데 29일이 걸렸다. 일광해수욕장에서, 경주역사에서, 공원 벤치에서 잠을 잤다. 동국대 경주캠퍼스에서는 허술하기 짝이 없는 버스킹으로 소소한 경비와 소주와 먹을거리를 얻고, 포항에서는 친구 이모님이 운영하시는 과수원 일을 도와 생활비를 벌었다. 서울 남산타워와 대학로와 홍대를 거닐고, 회기역에서 경춘선을 타고 춘천으로 넘어가 명동과 청평사와 김유정문학관을 돌아봤다. (춘천에는 닭갈비 전문점이 정말 많아서 자의 반, 타의 반으로 이틀 내내 닭갈비와 막국수만 먹었다.) 강릉에서는 하슬라아트월드를 구경하고 유명하다는 커피를 마셨다. 마지막 일정인 정동진 모래사장에서의 일출 맞이는 흐린 날씨 탓에 실패했지만, 세월이 지나니 그 순간까지도 모두 추억이 됐다.

포항 과수원에서 5일간 일하고 30만 원을 받은 후로는 사실상 '유전여행'이었기 때문에 딱히 서러울 일은 없었다. 서러운 일들은 모두 여행 첫 주에 일어났다. 문자 그대로 돈이 없었기 때문이다. 10년 전이라고는 해도 아무 집에나 불쑥 찾아가 "무전여행 중인 대학생입니다. 하룻밤만 재워주십쇼. 밥도 주십쇼"라고 했다가는 파출소행이 뻔했다. 교회에서는 나를 내쳤고 캄캄한 밤에 산길을 걸어 절까지 찾아갈 용기는 없었다. 새벽

녘에 작은 공원 벤치에 기대어 졸고 있으면 노숙자 형님들이 찾아와 돈이나 담배를 요구했는데, 무전여행 중이라고 말하면 대뜸 화를 내며 꺼지라고 했다. 나흘 내내 제대로 먹지도 못하고 걸으려니 몸은 고되고 마음은 서러웠다. 게다가 홍시의 은혜를 입었던 그 날은 비까지 추적추적 내렸다.

기장에서 울산으로 향하는 어디쯤이었던 것 같다. 하늘을 올려다볼 때마다 어둑어둑해지는 저녁 무렵, 우산을 써도 몸의 귀퉁이들은 이미 다 젖은 상태였다. 설상가상으로 걸어 지나갈 수 없는 터널이 등장했다. 왔던 길을 돌아갈 것이 아니라면 히치하이크 말고는 답이 없었다. 누가 이 험상궂은 얼굴과 미심쩍은 몰골의 청년을 태워줄까. 체념을 꾸역꾸역 밀어내며 손을 흔든 지 30분쯤 지났을 때 흰색 소나타가(그 차를 잊을 수가 없다!) 속도를 줄여 내 앞에 섰다. 나를 태우려는 건지, 다른 사정 때문에 정차한 건지 가늠이 되지 않아 멀뚱히서 있는데 이내 조수석 창문이 열렸다.

*

"왜 그러고 있어요? 터널 지나가려고요?" 30대 중반쯤으로 보이는 여자분이었다. 아마도 직장인이었을 테고 그렇다면 분명 퇴근길이었겠지. 무전여행 중인 대학생인데 터널 너머까지만 태워줄 수 있는지 묻자 그녀는 흔쾌히 그러자고 대답했다. 조수석에 짐이 있으니 뒷좌석에 타라고 하면서, 내 젖은 옷을 알아채고서는 나중에 닦으면 되니까 괜찮다고 먼저 말해줄 만큼 세심한 사람이었다. 차에 타고서도 나는 얼떨떨했다. 걸걸한 목소리의 40대 아저씨가 모는 난잡한 화물차에 타게 될 줄 알았는데, 이토록 친절한 여자분이 모는 깔끔하고 쾌적한 소나타라니. 그녀는 내게 이런저런 질문을 했고 걱정과 감탄을 오가며 나를 북돋아 주었다.

짧은 터널을 금방 빠져나와서도 그녀는 5분쯤 더 가

서 번화가 대로변에 차를 세웠다. 처음부터 끝까지 예상치 못한 호의에 감사하다는 말만 몇 번을 했는지 모른다. 짐을 챙겨 차에서 내리려는데 "저기, 이걸로 저녁 때우긴 부족하겠지만 가져가요"라며 그녀가 홍시 두 알을 건넸다. '제가 적당히 익은 감은 좋아해도 홍시는 안 먹어서요' 따위의 말을 할 처지가 아니었다. "감사합니다. 잘 먹겠습니다." 두 손에 홍시를 한 알씩 들고서 꾸벅 인사를 했다.

다정하고 쾌적한 흰색 소나타는 멀리 사라졌다. 다행히 비는 거의 그쳐 우산을 쓰지 않아도 될 정도였다. 차에서 내린 자리에 그대로 서서 손에 든 홍시를 베어 물었는데, 눈이 번쩍 뜨였다. 이럴 수가 있나? 홍시가 이렇게 맛있을 수 있는 건가? 충격과 감탄과 의심과 행복이 교차했다. 씨앗까지 씹어 먹을 기세로 허겁지겁 먹다 보니 홍시 두 알이 금세 사라졌다. 그날 내가 어디에서 잤더라? 빌딩 계단? 공공화장실? 아무리 곱씹어도 기억 나지 않는다. 홍시가 정말 맛있었다는 것 말고는.

*

간밤에 들이켠 시원한 물이 해골 물이었다는 걸 알게 된 원효대사는 '일체유심조(一切唯心造)', 즉 모든 것은 결국 마음이 만들어낸다는 깨달음을 얻는다. 원효대사는 해골 물이 해골 물인 줄 모르고 마셨지만, 나는 손에 든 홍시가 홍시라는 걸 뻔히 알고도 맛있게 먹었다. 원효대사의 깨달음처럼 마음이 육체를 지배할 때도 있고, 내 경우처럼 육체의 고단함이 마음을 무색하게 만들 때도 있다. 어느 쪽이든 극단에 다다르면 이러저러한 조건을 따질 처지가 아니게 되어버린다.

또다시 10년 전 그날의 홍시 맛을 느낄 수 있을까. 다시 고된 무전여행을 떠나면 가능하려나. 아무래도 어려울 것 같다. 서른셋의 나는 스물셋의 나보다 배부른 인간이라서. 그때 만난 흰색 소나타의 여자분 같은 귀인을 또 만날 수는 없을 것 같아서. 무엇보다도 그런 멋진 순간은 인생에 자주 오지 않는 법이라서.

그 여자분 덕에 나는 홍시를 먹지 않으면서도 홍시의 참맛을 아는 인간이 됐다.

[조개]

× ○ × ○ × ○ × ○ × ○ × ○ ×

질끈 감은 눈도 결국 뜨이고

사람은 오감을 이용해 세상을 인식한다. 오감은 서로 연결되거나 겹쳐져서 공감각적인 경험을 선사한다. 오감 중에서도 미각은 굉장히 다채롭고 섬세한 감각이다. '맛있다'와 '맛없다' 사이에 거의 무한대에 가까운 스펙트럼이 존재하고 심지어 '맛있다'와 '맛없다'조차도 그 자체로 셀 수 없이 많은 영역을 확보한다. 끓는 물을 붓고 기다리기만 하면 완성되는 컵라면 하나에도 저마다의 취향이 있다는 건 놀라운 일이다. 그러니 다른 이의 컵라면에 함부로 물을 붓지 말지어다.

미각보다 시각은 단순한 편이다. 단적으로 '보인다'와 '보이지 않는다'로 나눌 수도 있다. 물론 그사이에 '흐릿하게 보인다' 또는 '열게 뜬 눈 사이로 서서히 선명해진다', '암순응으로 대상의 윤곽이 드러난다' 등등의 단계는 있겠지만, 미각에 비하면 그리 촘촘하거나 섬세하지 않은 느낌이다. 특히 편식의 이유가 음식의 생김새나 크기 때문일 때, 시각은 매우 직관적으로 편식을 강화한다.

*

아주 어릴 적에는 조개류 일체를 먹지 않았다. 내 기억 속 처음 접한 조개는 바지락이었다. 아마 대여섯 살 때였던 것 같다. 조약돌처럼 생긴 껍데기가 벌어지며 그 사이로 빼꼼히 드러난 조갯살을 봤을 때, 나는 의문과 충격과 공포에 휩싸였다. 그 생김새는 뭐랄까, 마치 지구에 있어선 안 되는 생명체처럼 느껴졌다. 고기나 생선은 절대 아니고, 그렇다고 곤충도 아닌데, 어찌 보면 달팽이와 비슷한 것 같기도 하고, 얼핏 외계인처럼 보이기도 했다. 뭐가 됐건 간에 절대 먹을거리는 아니라고 판단했다. 시각적으로 조갯살의 생김새에 압도당해 버린 것이다.

그 일을 계기로 바지락은 물론이고 그보다 더 작은 조개류, 이를테면 재첩도 먹지 않았다. 당연히 재첩으로 끓인 재첩국도 싫어했다. 초등학교 입학 전엔 재첩국과 밥과 김치만 있는 단출한 밥상을 두고 재첩국을 먹지 않겠다고 고집을 피우다가, 한겨울에 속옷 차림으로 집에서 쫓겨나기도 했다. 추위를 이기지 못해 결국 부모님께 사죄하고 재첩국을 먹었다…면 오늘의 편식주의자는 없었겠지. 어릴 때부터 고집이 대단했던 나는 끝내 재첩국을 먹지 않았고, 지독한 감기에 걸려 며칠을 앓았다. 부모님은 아마 그때부터 내 싹수를 알아채셨겠지.

그런데 참 희한하게도, 누가 먹으라고 시키지도 않았건만 어느 순간 나는 재첩국을 즐겨 먹게 되었다. 어디 재첩뿐인가. 서른을 넘긴 나는 바지락과 동죽이 들어간 해물칼국수부터 얼큰한 짬뽕 국물에 담긴 홍합과 매콤한 꼬막무침까지 맛있게 먹는다. 용감한 성인이 되어 조갯살의 생김새 따위는 두려워하지 않게 된 덕일까. 어쨌든 좋은 일이라고 생각한다. '잘못된 편식'이 '교정'되었기 때문이 아니라, 내 식성이 이끄는 대로 새로운 미식을 즐길 수 있게 된 거니까.

*

그렇다고 모든 조개를 먹게 된 것은 아니다. 굴이나 전복은 여전히 먹지 못한다. 가리비와 키조개도 조금은 두렵다. 어릴 적에 처음 바지락 조갯살을 보고 경악했던 이유가 난해한 생김새였다면, 지금은 조갯살의 크기가 문제다. 바지락까지는 거부감이 없는데 홍합부터는 약간 아슬아슬하다. 간혹 조갯살이 엄청 실한 홍합을 만나면 정성스레 발라 아내에게 양보한다. 홍합의 맛과 향을 두루 알지만, 너무 크면 먹기 망설여진다. 딱히 정해진 기준은 없고 차츰차츰 조갯살의 크기에 적응해 온 결과, 이쯤에 이른 것 같다. 재첩에서 홍합을 먹기까지 약 20여 년이 걸렸으니, 홍합에서 키조개를 먹기까지는 또 20여 년이 더 걸리려나.

이런 내 사정을 잘 아는 아내와 가까운 친구들은 꼼수를 부려 내게 조개를 먹인다. 종종 조개구이를 먹으러 청사포에 가곤 하는데, 그럴 때마다 키조개와 가리비를 잘게 잘라준다. 너무 커서 먹지 못하겠다면 먹을 수 있는 크기로 자른다! 이 얼마나 단순하고 명쾌한 해결책인가. 그럴 때면 나는 잘게 썬 당근이 들어간 볶음밥을 맛있게 먹는 '당근을 싫어하는 어린아이'가 된 기분이 든다. 잘게 자른 키조개를 맛있게 먹는 나를 친구들이 얕잡아 봐도 딱히 자존심이 상하진 않는다. 내게 중요한 건 시각을 무력화하는 일이니까. 단지 그것만으로 이토록 맛있는 조개구이를 맛볼 수 있다는 건 즐거운 일이다. 그렇다고 해도 내 얼굴만 한 크기(그런 조개가 있긴 할까)의 조개는 한 번에 먹지 못할 것 같지만.

*

관용구 중에 '눈 딱 감고'라는 표현이 있다. 하기 힘든 일을 억지로 해야 할 때, 타인의 불의를 못 본 체하거나 자신의 비양심을 외면하고 싶을 때 쓰는 표현이다. 정지용의 시 〈호수〉에서는 보고픈 마음이 너무 커 손으로는 가릴 수가 없으니, 눈을 감겠다고 말한다. 그리움을 모른 체하기 위해 눈을 감는다니. 시인의 언어를 빌리면 시각을 차단하는 일은 세상과의 단절일 뿐만 아니라 애처로운 마음을 덮는 일이기도 하다.

물론 눈을 감는 것만으로 달라지는 건 거의 없다. 눈을 감아도 두려움과 자책감은 사라지지 않고, 눈을 감아도 그리움은 줄어들지 않는다. 오히려 감으려다 살짝 뜬 실눈 사이로 들이치는 후회가 더 날카로울 수도 있다. 외면하려다 마주친 장면이 더 가슴 시릴 수도 있다.

조개를 먹지 않겠다고 다짐했던 아이는 결국 홍합을 먹는 어른이 됐다. 질끈 힘주어 감은 눈도 결국 다시 뜨이는 것처럼, 못 먹거나 안 먹던 음식들도 세월이 흘러 결국 먹을 수 있게 되는 것이다. 한때 재첩국을 먹지 않아 한겨울에 속옷 차림으로 쫓겨났던 나는 이제 재첩국에 밥을 말아 먹는다. 그런 생각을 하니 왠지 마음이 편안해진다. 취향은 시시때때로 변하는 것이고, 그러니 식성도 자연스레 변한다. 지금 못 먹는다고 아쉬워할 이유도 없고, 잘 먹는다고 우쭐댈 것도 없다. 그냥 지금의 식성을 편안히 누리면 그만이다.

에필로그

친절하고 당당한 어른의 태도로

"서른 넘어서도 편식을 고치지 못하더니 기어코 그걸로 책을 쓰는구나!"

원고 작업을 하는 동안 가까운 지인들에게 자주 들었던 말이다. 보통은 그러게 말입니다, 하고 웃어넘겼는데 가끔은 그런데 말입니다, 하고 소심한 항변을 하고 싶을 때도 있었다. 나도 편식을 주제로 에세이를 쓰게 될 줄은 몰랐으니까. '언젠가 이걸로 에세이를 쓰게 될 테니까!' 하면서 수십 년의 편식을 계획하고 실천하는 인간이 있을까. 뭐, 어쩌면 세상 어딘가엔 그만큼 주도면밀한 인간이 있을 수도 있지만… 일단 나는 그런 인간이 아니다.

그래서 원고 작업을 하면서도 종종 의아했다. 이건 내 계획에 없던 일인데. 기획서와 원고를 꾸려 출판사에 투고한 적도 없는데 이런 기회가 오다니, 이런 기막힌 우연이라니. 그런데 인생이 언제 계획대로 흘러간 적이 있기는 했던가?

이 책의 원고를 구성하는 일은 내 편식의 역사를 되짚어보는 일이었다. '편식의 역사'라니, 쓸데없이 거창한 것 같지만 '언젠가 출간하게 될지도 모르니까' 하는 마음으로 잘 정리해 둔, 그런 귀중한 역사는 아니다. 굳이 따져보자면 장롱 아래에 먼지와 뒤섞인 잡다한 물건들의 모양새에 가깝다. 그래서 원고를 써내면서 가끔 이런 생각이 들기도 했다. 편식을 다루는 에세이의 의

미란 뭘까? 고작 이따위인 내 편식의 역사를 뒤지는 일의 의미가 있긴 할까? 편식 따위로 그럴듯한 이야기를 해도 괜찮은 걸까? 한 권의 책을 짓기 위해 서울과 부산에서 서로 메일로 원고를 주고받던 편집자는 이 책의 기획 의도를 이렇게 설명했다.

편식에 날아드는 편견에 맞서는 일.

콤플렉스로 치부하던 편식을 취향의 영역으로 옮겨놓는 일.

나이나 성별, 외모와 무관하게 각자 인생의 참맛을 즐기는 일.

편집자의 이런 담담한 응원과 다정한 확신이 없었다면, 나는 이 책을 써낼 수 없었을 것이다. 써내더라도 자격지심에 빠져 괴로웠을 것이다. 원고를 갈무리할 때쯤 내 편식은 조금 더 당당해졌고, 그와 동시에 새로운 음식을 먹는 일에도 조금은 관대해졌다. 얼핏 서로 양립할 수 없을 것만 같은 태도를 동시에 갖추게 된 것이다. 편식을 '취향'이라고 고쳐 읽으면 이상할 것이 전혀 없다. 누구든 자신의 취향을 추구하면서 타인의 취향에 관대할 수 있지 않은가. 나름대로 꽤 중요한 깨달음과 마음의 여유를 얻은 기분이다.

독자들도 이 책을 읽고 소소한 깨달음과 마음의 여유를 얻을 수 있으면 좋겠다. 편식뿐 아니라 그 어떤 것이든, 콤플렉스라고 여기던 것들이 실은 그저 취향 차이일 뿐이라는 걸 알게 되면 좋겠다. 각자의 취향을 아낄 줄 알면서 타인의 취향을 존중하는, 친절하고 당당한 어른의 태도를 갖추는 데에 이 책이 도움되면 좋겠다. 이왕이면 더 많은 독자에게 이 책이 읽히면 좋겠다.

물론 내 바람은 그저 바람일 뿐이다. 그건 내가 계획해서 이룰 수 있는 일이 아니니까. 그건 철저히 우연의 영역이다. 나와 편집자와 출판사가 할 수 있는 일은 그저 공들여 원고를 쓰고, 책을 만들고, 여기저기 알리는 일이다. 먼 우연을 이루려고 애쓰는 것이 아니라, 가까운 계획들을 성실히 실천하는 것이다. 그 정도면 충분할까? 충분하지 않아도 어쩔 수 없다고 생각한다. 나머지는 우연의 영역일 테니까.

그런데 신기한 건, 아무 의도 없는 우연들이 층층이 쌓여 필연의 계단이 되기도 한다는 사실이다. 우연을 밟고 걸어나가면 필연적인 결과에 다다른다니, 인생이란 역시 알 수 없다. '알다가도 모를 것'이 아니라 그냥 알 수 없는 것. 그러니 내가 할 수 있는 일은 그저 먼 우연을 기다리며 가까운 계획을 실천하는 것뿐이다.

10년 뒤엔 어떤 인간이 되어 있을지 고민하는 대신, 오늘 저녁에 뭘 먹을지에 조금 더 진심을 쏟아본다.

편식이 아니라 취향입니다만
이까짓, 민트초코

2021년 8월 27일 초판 1쇄 발행

지 은 이 | 김경빈
펴 낸 이 | 서장혁
책임편집 | 장진영
디 자 인 | 지완
마 케 팅 | 윤정아, 최은성

펴 낸 곳 | 봄름
주 소 | 서울특별시 마포구 양화로161 케이스퀘어 727호
T E L | 1544-5383
홈페이지 | www.bomlm.com
E-mail | edit@tomato4u.com
등 록 | 2012.1.11.
I S B N | 979-11-90278-81-2 (04810)

봄름은 토마토출판그룹의 브랜드입니다.